Simone Regina Adams

Nashornvögel

Simone Regina Adams

NASHORNVÖGEL

Roman

Für Irmgard,
ganz herzlich,
Simone Adams
13/06/2013

essencia Verlag

Bibliografische Information der Deutschen Bibliothek

Die Deutsche Bibliothek verzeichnet diese Publikation in der Deutschen Nationalbibliografie; detaillierte bibliografische Daten sind im Internet unter http://dnb.ddb.de abrufbar.

Umschlagfoto: Michael Adams
Satz: essencia Verlag OHG, Schwetzingen
Druck und Bindung: CPI books, Ulm

Printed in Germany, 2008

www.essencia-verlag.com

ISBN 978-3-86879-001-6

Für Micha

1

„Niemand kann mir erzählen,
dass man Glück nicht anfassen kann,
dass es ein Glück ohne Körper gibt.“
Hans Maarten van den Brink

„Mais qu´est-ce que vous faites là?”

Dieser Satz war Thibaut noch nach Jahren unangenehm; dass er ihn gesagt hatte und wie er ihn gesagt hatte, war so peinlich, so beschämend; wenn er nur daran dachte, wie er dagestanden hatte, mit hilflos herabhängenden Armen, stammelnd wie ein Schuljunge, im sanften Französisch seiner Großmutter, seiner Mémé; und dann auch noch das *vous* in diesem Satz, eine vollkommen unangebrachte Höflichkeitsform, nein, eine Ängstlichkeitsform; seine ganze alte Angst vor Stärkeren, Größeren hatte in diesem *vous* gelegen, und gegen diese tiefe Angst war er in diesem Moment völlig machtlos gewesen.

Sophie hatte in ihrer Panik, in all ihrem Weinen und Schreien das Rascheln der Blätter und das Knacken der Äste unter Thibauts sich nähernden Schritten vermutlich nicht hören können, auch nicht den dünnen Ton seiner viel zu leisen Stimme; sicher hatte sie ihn von unten, unter dem breitnackigen Kerl, der sie mit seinem ganzen Gewicht zu Boden drückte, nicht sehen können und nahm ihn wohl erst wahr, als er seine Schwäche endlich bezwungen hatte und, nun auf Deutsch, zu brüllen begann:

„Lass sie los, du Dreckschwein, du Saukerl!"

Er steigerte sich in eine Raserei, mit der er es schaffte, sich auf den Stiernacken zu stürzen, ihn durch den üblen, fast greifbaren Dunst von ausgeschwitztem Alkohol hindurch zu packen, von Sophie herunterzureißen und auf ihn einzutreten. Der Kerl, der in der ganzen Zeit keinen lauten Ton von sich gegeben hatte, krümmte sich, auch jetzt nur mit einem dumpfen Stöhnen, während Sophie sich etwas aufrichtete und weiter schluchzte und wimmerte.

Thibaut kniete sich neben sie und berührte sie vorsichtig am Arm. Er zog seine Jacke aus und legte sie über Sophies zitternde Schultern, während er die grotesk angewinkelten Beine besah, die auf dem Waldboden lagen wie ein erlegtes Wild und nicht zu ihr zu gehören schienen. Thibaut ließ seine Hände leicht auf ihren Schultern liegen.

Und starrte, auf einmal wie benommen, vor sich hin, bemerkte kaum, wie der andere davonstolperte und, mit zunehmendem Abstand schneller werdend, im Wald verschwand.

Auf keinen Fall! wollte Sophie sich von Thibaut zum Arzt bringen lassen. Erst recht nicht zur Polizei. „Wo wohnst du denn?“, fragte er. Sie schüttelte nur den Kopf. So saß er neben ihr in seinem Auto und schaute ratlos zu, wie sie vor sich hin zitterte und schwieg.

Draußen wurde es dunkel. Innen breitete sich die feuchte Wärme ihrer Körper aus, legte sich in einem dünnen Film über die Fensterscheiben und verhüllte allmählich die Sicht auf die Schatten der Bäume.

Thibaut strich sich mit dem Handrücken über die Augen, dann suchte er eine saubere Stelle an seinem Hemd, um sich den Schweiß abzuwischen. An seinen Fingern bemerkte er einen harzigen Fleck, an dem noch etwas Erde klebte. Der Fleck roch nach Kiefer und nach

Waldboden; der Geruch tat ihm gut. Thibaut fuhr los, ohne zu wissen, wohin.

Es war fast Mitternacht, als der alte rote Renault in die holprige Einfahrt einbog. Thibaut führte Sophie durch das schmale Treppenhaus in die Küche. Er setzte sich an den Tisch, nahm zwei Zigaretten aus der Packung und hielt ihr eine davon hin.

Sophie stand da, stützte sich auf die Tischkante.

„Setz dich doch."

Sie setzte sich langsam. Dann erst schaute sie ihn an. Sie nahm die Zigarette.

„Was zu essen?"

Sie schüttelte den Kopf.

„Was zu trinken?"

Kopfschütteln. Schweigen. Es war still im Haus.

Er öffnete die Ofenklappe, die leise quietschte. Sie warfen ihre Kippen in die schwache Glut.

Thibaut fasste Sophie an der Hand und führte sie im Dunkeln durch das Schlafzimmer von Mémé, durch das man in sein Zimmer gelangte. Er überließ Sophie sein Bett. Sie zog nur die Schuhe aus, machte sich klein unter der Decke, rollte sich ein und rührte sich nicht mehr.

Thibaut saß auf der Fensterbank und rauchte eine letzte Zigarette für diesen Tag. Er sah einen weißen, fast vollen Mond am Himmel, faserige Wolken davor; er hörte keinen Laut aus dem Bett, nicht den leisesten Ton einer Bewegung. Ab und zu ein leichtes Schnarchen von Mémé nebenan, Nachtgeräusche aus dem Wald oder vom Stall gegenüber. Er scheute sich, hinüberzusehen zu Sophie, obwohl er in dem lichtlosen Raum sowieso kaum etwas erkannt hätte.

Als Kind hatte er einmal eine verletzte Katze mit nach Hause gebracht. Sie war von einem Auto angefahren worden. Er hatte ihr blutiges Bein bandagiert und sie gefüttert; auf einer Decke neben seinem Bett hatte sie geschlafen. Es war eine verwilderte Katze gewesen, dünn, das Fell in einer grauen, stumpfen Farbe. Er hatte gehofft, sie zähmen zu können. Sie hatte sich von ihm pflegen und füttern, nach ein paar Tagen auch streicheln lassen; doch – und das war ihm erst später klar geworden – sie hatte es immer nur geduldet, hatte ihn bloß gewähren lassen, ohne Zutrauen zu zeigen oder Dankbarkeit.

Als er eines Nachmittags aus der Schule gekommen war, hatte er die Katze nicht mehr finden können. Der

Platz neben seinem Bett war leer gewesen, ihre Decke, auf die er seine Hand gelegt hatte, nicht mehr warm.

Sie war nie wieder aufgetaucht.

Thibaut schob die Sitzflächen der beiden Sessel gegeneinander und richtete sich dort, unterm Fensterrahmen, ein. Seine Füße ragten über die Polster hinaus. Schließlich zog er den kleinen Tisch heran und legte die Beine darauf.

Doch er kam noch immer nicht zur Ruhe. Es war nicht die unbequeme Lage, die ihn daran hinderte, einzuschlafen. Es war etwas in seinem Zimmer, das er jetzt, in der Stille und Dunkelheit, deutlicher wahrnehmen konnte als zuvor. Es war Sophies Geruch, das Einzige, was er von ihr überhaupt wahrnehmen konnte. Es war der Geruch eines kranken, verwilderten Tieres.

Er schlief erst ein, als es draußen dämmerte.

Am Morgen sprach Thibaut mit Mémé, kochte ein Ei für Sophie und strich ihr ein Butterbrot. Doch sie wollte nichts essen. Sie duschte solange, bis das heiße Wasser im Boiler verbraucht war; dann stand sie in der Tür der feuchtvernebelten Waschküche, in ihrer Jeans und der hellen Bluse, das Handtuch noch um die Schultern. Thibaut ging und holte ihr einen Pullover aus seinem Schrank. Sie wollte ihn nicht.

Sophie setzte sich an den Küchentisch, starrte in die Tasse, die sie mit beiden Händen festhielt, und atmete in den Kaffeedampf. Ihre hellen Haarsträhnen fielen nach vorne, so dass Thibaut kaum mehr erkennen konnte als ihren Mund, die Oberlippe, die weicher und voller war als die Unterlippe, was ihrem schmalen Gesicht einen eigentümlichen, fast kindlichen Ausdruck verlieh.

Als sie aufblickte, sah er ihre Augen. Sie waren immer noch rot, verweint. Mémé kam herein, um nach dem Herdfeuer zu sehen. Sie nickte Sophie kurz und nicht unfreundlich zu, und Thibaut durchflutete ein warmes, dankbares Gefühl für Mémé, die ihn in letzter Zeit immer öfter einfach gewähren ließ.

„Kannst du mich nach Hause bringen?“, fragte Sophie. Und so saßen sie eine Stunde später wieder in seinem alten Renault.

Platanen rechts und links der Straße. Vorm Dorfeingang die bunten Pappschilder, die noch immer das Sommerfest des Vorabends ankündigten.

„Hier rechts hoch”, sagte Sophie und schließlich: „Halt an.“

Der Hof lag an einer kleinen Anhöhe. Die Straße führte daran vorbei, in sanftem Bogen den Feldern entlang Richtung Wald. Er hätte vor der Hofeinfahrt anhalten können, aber Sophie bestand darauf, die letzten Meter zu Fuß zu gehen.

Thibaut hatte während der Fahrt überlegt, was er sagen, wie er sich von ihr verabschieden sollte; doch sie bedankte sich nur schnell und leise, berührte ihn kurz mit ihren kalten Fingerspitzen, dann stieg sie aus und ging.

Er blieb sitzen, kurbelte das Seitenfenster herunter, zündete sich eine Zigarette an und hielt sie in der Linken, während er auf der rechten Hand noch immer diese leichte Berührung spürte, wie einen kühlen Abdruck auf seiner Haut. Sein Kopf schmerzte. Er hatte zu viel getrunken auf dem Fest und sich in den wenigen Stunden Schlaf auf den Sesseln den Nacken verrenkt.

Als er die Kippe aus dem Fenster werfen und nach Hause fahren wollte, hörte er Schreie. Diesmal reagierte er schnell. Er zündete den Motor, fuhr, bis er Sophie sah, die ihm entgegenstürzte; dahinter die Frau in der Türe des Hauses, ihre Hände vorm Mund; Thibaut sah den Mann, sein rotes, verzerrtes Gesicht, die Hosenträger über dem Unterhemd, die große, zum Schlag ausholende Hand; Sophie erreichte den Renault und noch bevor sie die Tür zugeworfen hatte, gab Thibaut Gas. Zum Wenden war keine Zeit, sie flohen nach vorne, im weiten Bogen an Sophies Vater vorbei die Straße hinauf. Sie fuhren.

Durch Sophies Dorf konnten sie nicht mehr zurück. Und so waren sie damals in einem großen Umweg durch mehrere Ortschaften gefahren, bis sie schließlich wieder auf Mémés Hof angekommen waren.

„Von mir aus", sagte Mémé. Sie stand am Herd, drehte ihr Gesicht den Töpfen zu, so dass Thibaut nur ihren grauen Haarknoten und den etwas gebeugten Rücken sah. Er umarmte sie, zupfte an ihrer Schulter ein paar Fusseln aus der hellen Strickweste, die sie über ihrer Schürze trug.

„Danke", sagte er leise.

Sophie blieb.

2

Ein paar Tage später, als Sophie morgens in die Küche kam, sah Thibaut, dass sie seinen Pullover übergezogen hatte, den dunkelblauen Pullover, den er ihr bisher vergeblich angeboten hatte. Er war ihr viel zu groß, so dass sie sich darin regelrecht einwickeln konnte; sie hielt ihn mit beiden Armen eng am Körper und schaute nur flüchtig hoch.

Ein kleiner Vogel, der aus dem Nest gefallen ist, dachte Thibaut. Doch was war das für ein Nest? Bisher hatte sie kaum gesprochen.

Einen Moment lang betrachtete auch Mémé Sophie nachdenklich, dann griff sie nach dem Bild an der Wand über dem Tisch, dem Foto von Paul, das dort im goldenen Rahmen hing. Mit dem etwas angestaubten Bild in beiden Händen setzte sie sich wieder hin und begann zu erzählen.

„Quelle époque“, sagte Mémé. „Was war das damals für eine Zeit.“

Paul, ein kaum erwachsener deutscher Soldat, und sie, eine junges französisches Bauernmädchen. Niemand durfte es wissen, erst recht ihre Eltern nicht. Ein *boche*. Der Vater hätte sie totgeprügelt, wenn er es erfahren hätte; sie war schwanger und hätte es nicht mehr lange verbergen können. Paul musste fort, er gab ihr die Adresse seiner Eltern und drängte sie, dorthin zu fliehen. Eine Flucht nach Deutschland, mitten im Krieg! Doch er hatte ihr versichert, seine Eltern würden die Frau, die er liebte und die von ihm ein Kind bekam, mit offenen Armen aufnehmen. Und wohin hätte sie sonst gehen sollen? Thibaut hörte aufmerksam zu, obwohl er die Geschichte längst kannte. Indem Mémé sie Sophie erzählte, bekam sie einen neuen, weiteren Sinn.

Hier, auf dem Hof von Pauls Eltern, hatte sie ihr Kind bekommen, „Mathilde“, sagte Mémé, „sie war so winzig“. Sie hob ihre Arme, so dass das Bündel zwischen ihren Händen beinahe sichtbar wurde.

Paul war vermisst. Erst spät kam er aus dem Krieg zurück. Doch es war nicht der Paul, den sie gekannt, in den sie sich verliebt hatte. Er sprach nur das Nötigste.

Er hustete, ging in der Stube auf und ab, dann wieder starrte er aus dem Fenster. Er roch nicht einmal mehr wie früher; an seinem Körper haftete der strenge Geruch von Fieber und Krankheit. Es war ein Geruch, den sie kaum ertragen konnte.

Seine Tochter, die kleine Mathilde, beachtete er nicht.

Kam das Kind ins Zimmer gelaufen, durchzuckte ein Krampf sein Gesicht und er wandte sich ab.

„Alles Lebendige hat ihm wehgetan“, sagte Mémé.

Sie teilten nur noch das Essen, nicht mehr das Bett. Sie schlief in der Kammer. Bis sie eines Morgens beim Frühstück auf ihn wartete, und er bis zum Mittagessen nicht aus dem Schlafzimmer kam. Da wusste sie, was geschehen war. Sie stieg langsam die Treppen hinauf und öffnete die Tür. Er lag, barfuß, aber vollständig angezogen auf dem Bett. Starr und schmal, die Augen geschlossen, das Gesicht zur Decke gewandt. Seine Haut, als sie ihn berührte, war so weiß und kalt wie die Kissen und das Laken.

War wohl besser für ihn, hatten die Nachbarn bei der Beerdigung gesagt.

Mémé nahm das Bild von ihrem Schoß, wischte mit dem Ärmel über den Rahmen und das Glas, hängte es an seinen Platz zurück und ging hinaus.

Mémé hätte ihre Geschichte auch auf Deutsch erzählen können. Doch in ihrem Haus hatte sie immer nur Französisch gesprochen, und dabei blieb sie auch. Thibaut sprach Deutsch mit Sophie, Französisch mit Mémé. Sophie schaute unsicher, fragend; sie verstand nur Teile der Gespräche zwischen den beiden und erschloss den Rest aus Gesten und Blicken. Abends, wenn sie müde wurde, erreichten die Worte sie nicht mehr, dann saß sie still auf dem alten federnden Sofa mit dem blassroten Stoffbezug, machte sich klein wie ein Kind, das nicht auffallen möchte, damit es nicht fort von den andern, ins Bett geschickt wird.

Thibaut betrachtete sie beim Essen, wenn sie ihm gegenüber am Tisch saß und vorsichtig ihre heiße Suppe löffelte; Mémé zwischen ihnen, mit Blick auf den freien Stuhl ihr gegenüber und auf Paul darüber, an der Wand, der wie immer an alledem vorbeizusehen schien. Jetzt schaute Thibaut wieder öfter zu ihm hoch, wie damals als Kind, als er jederzeit damit gerechnet hatte, dass sein Großvater sich ihm zuwenden, ihm zuzwinkern würde.

Der beständige, unveränderliche Rhythmus von Frühstück, Mittagessen und Abendbrot schien Sophie gutzutun, dieses gleichmäßige Netz von Mémés Leben, von dem er, Thibaut, schon so lange gehalten wurde.

Sophie ging, um die Schweine zu füttern, und kam zurück mit den Eiern, die sie aus dem Hühnerstall geholt hatte. Eifrig fegte sie im Hof den Sand und die gelben Blättern der Birken zu einem kleinen Hügel zusammen, den der Wind schon wieder zerblasen hatte, noch bevor sie die Schaufel im Schuppen fand. Den grau getigerten Kater, der ihnen auf dem Weg zur Weide begegnete, lockte sie an, hockte sich zu ihm und streichelte ihn, flüsterte ihm leise liebevolle Worte zu. Vorsichtig griff sie über den Zaun und berührte die hellen strohigen Strähnen zwischen den Hörnern des Stiers: „Schau, Thibaut, wie er schaut", rief sie, „wie ein Mensch!"

Thibaut staunte: Sophie lachte, manchmal strahlte sie sogar.

Damals faszinierte Thibaut der Gedanke, dass es von jedem Menschen ein bestimmtes Foto gibt oder geben sollte, das die klarste, intensivste Zeit seines Lebens widerspiegelt, seine schönste Blüte. Ein Bild seines Lebens. Dieses Bild versuchte er zu finden in den Alben, die er Sophie zeigte.

Bei seinem Großvater Paul war er sich sicher: Es war das Bild, das in der Küche über dem Esstisch hing. Das Foto, auf dem er noch keine Uniform trug; Paul im leichten, halb offenen Hemd, das Jackett darüber, in einer freien, im Hintergrund verschwommenen Landschaft. Ein weiches, jungenhaftes Gesicht, nur halb der Kamera zugewandt. Als Kind hatte Thibaut oft versucht, dem Blick seines Großvaters zu begegnen, hatte vor dem Bild gestanden und den Kopf millimeterweise zur Seite bewegt. Doch Paul schaute immer an ihm vorbei, in eine unbestimmte Ferne, ein Suchen, ein Fragen in seinem Blick. Aber auch der Wille zum Aufbruch, eine Hoffnung, eine Erwartung. Thibaut liebte dieses Bild.

Von Mémé gab es keine Fotos aus dieser Zeit. Nur ein späteres: es muss Mitte der Siebzigerjahre sein;

Thibaut, ein blonder Schuljunge, aufgestellt vor Mémé, er reicht ihr schon fast bis zur Brust. Die beiden stehen am Wegrand, neben dem Kirschbaum; im Hintergrund der Hof, die Birken. Thibaut trägt eine graue Weste mit silbernen Knöpfen (die Farben erkannte man nicht, das Foto war schwarz-weiß, doch Thibaut erinnerte sich gut), seine dünnen, langen Beine stecken in kurzen Hosen. Ordentlich sind die hellen Haare zur Seite gekämmt. Mémés Hand ruht auf seiner Schulter, ihr Blick ist ernst, beinahe streng, nach vorne gerichtet. Sie trägt ein einfarbiges hoch geschlossenes Kleid, das in seiner Schlichtheit fast wie die Tracht einer Nonne wirkt.

Bei Mémé glaubte Thibaut nicht, dass dies das Bild ihres Lebens sei, aber er sagte zu Sophie: „Ich hab kein anderes."

Man sah es auf dem Foto: damals, mit über fünfzig Jahren, war Mémé eine stolze, schöne Frau.

Den Kopf hält sie hoch, als ob das Gerede der Leute sie dort oben nicht erreichen könne. Thibaut ist klein, viel kleiner als sie, ihn erreicht es wohl: Warum hat die Französin nie mehr geheiratet? Warum ist ihre Tochter weggezogen in die Stadt, ohne das Kind? Warum gehen sie nicht nach Frankreich zurück, wo sie sich doch so wenig Mühe geben, dazuzugehören?

Morgens kämmt Mémé ihre grauer werdenden Haare, zählt die hundert Bürstenstriche, während Thibaut auf dem Küchentisch sitzt und ihr zuschaut. Beim Kämmen wirkt ihr Gesicht konzentriert, ihre Lippen werden unwillkürlich schmal dabei; blinzelnd betrachtet Thibaut die beiden Falten, die ihren Mund wie in Klammern setzen. Lange prüft sie ihr Bild im Spiegel, dann zupft sie ihre und seine Kleider zurecht, bevor sie mit ihm das Haus verlässt. Unnötig fest hält sie seine Hand, wenn sie ihn zur Schule bringt. Vor seinen Kameraden verabschiedet sie ihn, jetzt auf Deutsch, in der Sprache der anderen:

„Thibaut, mein Täubchen, gib Mémé noch einen Kuss, wir sehen uns später."

Ganze Nachmittage lang sitzt Thibaut, ihr Täubchen, im alten Kirschbaum, von dem aus er den Weg bis zur Straße überblicken kann. Dort wartet er, bis er Mémé in der Ferne erkennt; schon als einen winzigen Farbfleck erkennt er sie, wenn sie müde und etwas gebeugt mit ihrer hellen Korbtasche vom Einkaufen kommt.

Obwohl er weiß, dass sie ihn auf seinem Ast zwischen den dichten Zweigen noch gar nicht sehen kann, winkt er ihr zu; die letzten Meter läuft er ihr entgegen und dann gehen sie, Mémé, die Tasche schleppend, Thibaut, halb hüpfend neben ihr, nach Hause.

Einmal kommt ein Mann an die Tür, um ihr Hilfe anzubieten beim Winterholz. Thibaut kennt ihn, er wohnt in der Nähe, allein seit dem Tod seiner Frau.

Der kleine Thibaut schiebt sich neugierig vor Mémé, um den seltenen Besuch zu betrachten. Während der Mann spricht, hält er seine Hände über Thibauts Kopf, so wie man sie sich über dem Ofen wärmt.

„Das ist doch für eine Frau zu schwer", sagt er.

„Für eine Frau sind ganz andere Dinge schwer", sagt Mémé und schickt Thibaut zum Spielen in den Garten.

Dann lässt sie den Mann herein.

Als Thibaut am nächsten Morgen aufsteht, sieht er ihn und Mémé in der Waschküche. Thibaut kommt auf nackten Füßen näher und schaut zu, wie der Mann sein Glied am Spülstein unterm Wasserhahn wäscht. „Ich kann es nicht mehr", sagt Mémé, die neben ihm steht und Thibaut nicht bemerkt hat. „Ich bin zu alt, um noch einmal von vorne anzufangen."

Mémé hat nie erfahren, wie sehr er gehänselt wurde; „Gib Meemee einen Kuss", schreien die Jungen, äffen sie nach, kaum dass sie sich verabschiedet hat und außer Sichtweite ist. Nach der Schule gilt es zu entkommen, Haken zu schlagen, seinen Kirschbaum zu erreichen; sein Terrain, in dem er sicher ist.

Er läuft. Seine Füße knallen auf den Boden; Äste, Sträucher, Pfosten rudern an ihm vorbei; der Atem streicht an der Wange entlang, bevor er verfliegt. Er läuft. Sein Herz wird eng; er beginnt zu ahnen, dass er es diesmal nicht schaffen wird. Es sind drei aus seiner Klasse, sie werfen sich auf ihn. In panischer Angst strampelt er, schreit er, wehrt sich; die Jungen lachen laut.

Sie ziehen ihn mit sich über die Felder, über die Eisenbahnschienen, zur Landstraße. Er ist jetzt in Todesangst, der Zug, die Autos; sie zerren ihn ein Stück die Straße entlang, dann bleiben sie plötzlich stehen. Auf dem Boden ein dunkler, breitgefahrener Fleck, grau, schwarz und rot; eine tote Taube, von

Autoreifen fast bis zur Unkenntlichkeit zerquetscht. Federn, vertrocknetes Blut und Fliegen: „Komm, mein Täubchen, gib mir einen Kuss“, jubeln sie und drücken seinen Kopf nach unten; er spürt eine harte Hand im Nacken, kann nicht mehr atmen und erbricht sich, von Krämpfen geschüttelt.

Da lassen sie ihn los, übergießen ihn mit schallendem Gelächter und rennen davon, über die Eisenbahnschienen zum Wald.

„Und deine Eltern?“, fragte Sophie.

Von seiner Mutter Mathilde hatte er nur ein paar Kinderbilder; auf dem letzten Foto in seinem Album ist sie gerade sechzehn Jahre alt. Dabei wirkt sie viel älter:

Mathilde steht am Gartentor, eine Hand ruht leicht auf den Latten des Holzzaunes; sie trägt einen blumigen schwingenden Rock, eine dunkle Bluse und schaut direkt, fast herausfordernd in die Kamera. Ihr großer roter Mund setzt zum Lächeln an. Die blonden Haare hochtoupiert, ihr Pony verdeckt fast vollständig die Stirn – aber nicht ihren drängenden, suchenden Blick.

Vier Jahre später ist sie schwanger, von einem Mann, der mehr als doppelt so alt ist wie sie. Er ist

Arzt, er ist verheiratet, er lebt in der Stadt. Nur zu den Hausbesuchen kommt er ins Dorf. Mathilde bleibt mit dem Kind bei ihrer Mutter.

Eines Tages verkündet sie, dass sie zu ihm ziehen wird. „Ohne den Jungen“, sagt Mémé entschieden, kampfbereit. Thibaut ist drei, als Mathilde endgültig geht. Ohne ihn, ohne Thibaut.

Als Thibaut seine Mutter fast vergessen hat, sind sie noch einmal wiedergekommen. In einem phantastischen hellroten Wagen, mit vielen Geschenken, lachend, das Kind in die Luft werfend. Mémé bleibt in der Tür stehen, stumm, die Arme verschränkt vor der Brust. Der Mann ist immer noch verheiratet. Und Mathilde raucht. Sie ist dünn, viel zu dünn.

Es gibt Streit. Diesmal verliert Mémé. Thibaut packen sie ein, nehmen ihn mit, erzählen ihm von dem großen Schäferhund, den sie haben werden, von ihrem neuen Haus und wie gut es ihm dort gefallen wird.

Dann gehen sie auf das Haus zu. Thibaut läuft neben ihnen; Mathilde nimmt ihn an der Hand. Sie lächelt und streicht ihm über den Kopf, ohne ihn dabei anzusehen. Ihm ist nicht wohl in seinem Körper, er ist still geworden.

Doch als sie durch das Haus in den Garten kommen, Thibaut aus dem Schatten der Terrasse tritt und die wärmende Sonne auf seiner Haut spürt, wird sein Herz etwas leichter.

Das Haus ist hell und neu, auf der Terrasse noch Werkzeug und Baumaterial. Dort sind die Erwachsenen stehen geblieben. Thibaut geht ein paar Schritte allein und will gleich wieder zu ihnen zurück. Aber sie sind verändert; die Sonne verschwindet, der Himmel wird dunkel, die beiden werden dunkel; ein Gewitter liegt in der Luft. Ihre Bewegungen werden verkrampft und zuckend; sie werden wild, beißen einander; die Hände stochern am Körper des andern herum. Sie stolpern ein paar Schritte rückwärts ins Haus, ohne ihn noch zu sehen, und plötzlich ist seine Mama weg, nur noch ihre Beine sieht er!

Thibaut weiß nicht, wohin. Er kann nicht hinsehen. Er kann nicht wegschauen. Doch das Entsetzlichste, das Allerunglaublichste ist der Blick, der Thibaut plötzlich trifft: Schau her, sagt der Blick seines Vaters, schau nur hin.

Thibaut stürzt zusammen, bloß seine Hülle steht noch da wie zuvor, sie steht und steht. Ein Schleier hat sich vor seine Augen gelegt.

Mathilde taucht auf. Sie sucht ihre Kleider zusammen, sie räuspert sich. Alles soll so sein wie vorher; sie will, dass Thibaut nichts gesehen hat. Sie spricht ihn an, in einem heiteren, harmlosen und doch drängenden Ton. Er versteht nicht.

Sie lacht und schüttelt den Jungen, der so hilflos dasteht. Als sie gehen wollen, fällt er hin und weint; Mathilde wird ungeduldig, ohrfeigt ihn. Thibaut weiß, er hat irgendetwas falsch gemacht. Aber er weiß nicht, was.

Ein einziges Foto aus dieser Zeit: Thibaut, ein Kindergartenkind, steht mit eingeknickten Beinen auf der Wiese hinterm Haus, die Arme verschränkt, sein Gesicht von einem erzwungenen Lächeln verzerrt. Von der Seite her nähert sich ein Schäferhund, die gespannte Leine führt aus dem Bild hinaus. Ein breiter Schatten auf der Wiese; der Schatten des Mannes, der den Hund an der Leine hält. Den Mann selbst sieht man nicht auf dem Foto. Sein Vater existiert nur als ein Schatten, der über Thibaut fällt.

Er würde in die Schule kommen, einen Ranzen brauchen, Hefte, Bücher, und ein Frühstück morgens um sieben. Da hatten sie wohl genug und brachten ihn wieder zurück zu Mémé.

Sophie hörte zu. An ihren Vater, sagte sie, habe sie nur eine einzige schöne Erinnerung, und davon erzählte sie ihm:

Wie sie als Kind mit nackten Füßen auf seinen riesigen schweren Schuhen steht, die Zehen über dem dunkelbraunen Leder zusammengekrallt, die Arme um seinen Körper geschlungen, den Kopf an seinem fülligen, aber festen Bauch. Er stelzt mit steifen Beinen in der Wohnstube umher, hebt Sophie bei jedem Schritt mit sich hoch und brummt dabei unverständliche warme Töne wie ein Bär. Er riecht unangenehm, er hat getrunken am Abend zuvor, doch er ist gut gelaunt. Bis Mutter mit dem Geschirrtablett hereinkommt, die beiden unwillig mustert und den Vater leise, mit schneidend scharfen Tönen anzischelt. Der Vater stellt Sophie auf den Boden, so wie die Mutter die Kaffeekanne auf den Esstisch stellt, mit einer bestimmten, abschließenden

Bewegung und ein kurzer wunderbarer Moment ist vorbei.

Das wünschte sich Sophie von Thibaut, genauso sollte er mit ihr durchs Zimmer gehen; sie erklärte es ihm, zog die Schuhe aus, stellte sich auf seine Füße und hielt sich an seinen Schultern fest. Er stöhnte und ächzte unernst, Sophie kicherte leise, sie bebte beinahe vor Aufregung. Er schaffte nur ein paar Schritte mit ihrem Gewicht, dann fielen sie beide lachend aufs Bett.

Auch Mémé nebenan lag auf dem Bett, im Dunkeln, so starr, wie Paul dort gelegen hatte, damals, vor so vielen Jahren.

Er hatte seine Tochter Mathilde nicht aufwachsen, erwachsen werden sehen. Er hatte nie seine eigenen Züge, diesen offenen, fragenden Blick, den Mémé so liebte, im Gesicht von Thibaut gesehen. Paul hatte aber auch nicht diese Zeit erleben müssen, als Mathilde zum ersten Mal verschwunden war, als der kaum einjährige Thibaut hohes Fieber bekommen, tage- und nächtelang geschrieen hatte, und auch nicht die noch schlimmere Zeit, als das Kind schließlich nicht mehr geschrieen, sondern nur noch vor sich hingestarrt hatte.

Mémé drehte sich schwerfällig mit dem Rücken zur Wand, hinter der sie Sophie laut auflachen hörte.

Dieses Mädchen war blond wie Mathilde und nicht viel jünger als ihre Tochter es gewesen war, damals, als sie, ein halbes Kind noch, in der Waschküche gestanden, sich mit einer Hand am Tisch abgestützt und mit der anderen am Wachstuch herumgeschrubbt hatte.

Noch Jahre später, als sie für niemanden mehr Maman, sondern nur noch Mémé war, hatte sie immer wieder die gebleichten Stellen in dem lackroten Apfelmuster betrachtet und sich dabei an diesen Moment erinnert, an Mathildes Verbissenheit, an die so offensichtliche Müdigkeit in dem dünnen, gekrümmten Körper des Mädchens, an den Moment der Gewissheit, die so plötzlich da gewesen, die so schnell und so unüberlegt ausgesprochen war, dass die Frage minutenlang im Raum hing, ohne dass sie beide wussten, was sie nun tun sollten.

„Bist du schwanger, Mathilde?"

Und wieder stellte Mémé sich vor, sie hätte ihre Tochter aufgehalten, festgehalten, stellte sich vor, dass sich all die verhärteten, unausgesprochenen Vorwürfe zwischen ihnen in Tränen hätten auflösen können

– aber Mathilde hatte leise und schweigend die Tür hinter sich geschlossen, hatte später die Wehen mit zusammengebissenen Zähnen und ohne einen lauten Ton ertragen, hatte den Jungen mit gleichgültiger Gründlichkeit versorgt und war dabei innerlich so abwesend gewesen, dass ein Gespräch zwischen ihnen immer unmöglicher wurde.

Mémé suchte, wie immer, den Punkt, an dem das Unglück begonnen hatte. War es wirklich dieser Moment in der Waschküche gewesen? Hatte all das nicht schon viel früher begonnen? Sie dachte an die knappen dürren Sätze, mit denen sie Sophie am Nachmittag davon erzählt hatte, so wie man eben eine Geschichte erzählt, die lange vorbei ist. Doch jetzt spürte Mémé das gleiche Zucken, den gleichen Krampf, den sie damals in Pauls Gesicht gesehen hatte, als die kleine Mathilde, sein Kind, ihr Kind in die Stube gelaufen kam, jetzt, da sie Sophie nebenan lachen hörte, so laut, so lebendig, so furchtbar jung.

Am nächsten Morgen saß Mémé am Tisch, schlug das Haushaltsbuch auf, fragte Thibaut nach der

Stromrechnung. „Wo hast du sie hingetan", sagte sie, „ich finde hier überhaupt nichts mehr."

„Ich kann anfangen in der Schreinerei", sagte Thibaut, „nächste Woche schon." Mémé blätterte in den Rechnungen, ohne ihn anzusehen.

„Was hast du denn?", fragte er, doch sie antwortete nicht. Sie schob die Rechnungen auseinander und legte sie wieder neu zusammen.

„Schau, Thibaut", rief Sophie, als er abends nach Hause kam; noch bevor er seine Jacke ausgezogen hatte, zog sie ihn mit sich. Ungeduldig, aufgeregt wie ein kleines Kind zeigte sie ihm, was sie heute gebacken und was sie genäht hatte. „Den Schrank hab ich ausgewaschen", rief sie. „Guck mal, das ist für dich!" Wie ein Kind freute sie sich, ihm eine Freude zu machen. Eine Zeitschrift hielt sie ihm hin, darin hatte sie gelesen, wie man mit Stoffen und Vorhängen auch in einfachen Wohnungen wahre Wunder vollbringen kann, sie zeigte es Thibaut.

„Sie vergisst allmählich", sagte Mémé leise, „dass es nicht ihre Wohnung ist."

Thibaut stand zwischen den beiden und wusste nicht, was er sagen, was er tun sollte. Mémé stand am Herd, wandte sich ab, als er sie anschaute. Sophie, still geworden, saß auf dem Hocker, über den Tisch gebeugt, ihre Finger spielten mit dem Buttertöpfchen aus gebranntem, glasiertem Ton.

Mémé schluchzte auf und presste ihr Gesicht in die kleingeblümte Schürze. „Immerhin“, murmelte sie leise, so leise, dass Sophie es nicht hören sollte, „es ist immer noch mein Haus.”

Als er wach wurde, war Sophie fort. Thibaut spürte es gleich. Obwohl sie nichts weiter mitgenommen hatte, sein Zimmer nahezu unverändert war, spürte er ihre Abwesenheit auf eine andere Art, als wenn sie unten in der Küche oder draußen im Hof gewesen wäre.

Die Herbsttage waren immer noch sonnig und warm, doch in den Nächten kühlte es ab, und im Haus war es kalt bis zum späten Morgen. Thibaut blieb liegen. Er fror.

Thibaut irrt durch den Wald; er sucht, das weiß er, doch er kann sich nicht entsinnen, wonach. Er weiß, er muss sich erinnern; verzweifelt, blindlings stolpert er vorwärts, mit den Handrücken schützt er sein Gesicht vor den stechenden Nadeln der Tannenarme und den überlangen Ästen, die seinem vorwärtsdrängenden Körper nur widerstrebend nachgeben, an ihm entlang kratzen und sich biegen, sich schließlich mit Wucht von ihm lösen, während er weiterstürzt.

Ein Schrecken durchzuckt ihn plötzlich, so, dass er stehen bleibt – es ist Sophie, er hört sie in seiner Nähe rufen und schreien. Jetzt weiß er es wieder, er sucht Sophie, doch als er sich umdreht, in die Richtung, aus der ihre Stimme kommt, kann er seine Beine nicht mehr bewegen, sie stecken fest im wurzeligen Boden, als hätte er sie mit dieser Drehung ins Erdreich gebohrt.

Er weiß, er muss zu ihr, doch er kann es nicht; er sieht sie nicht, die Sträucher, die Bäume umstehen ihn dicht und dunkel. Jetzt ist es still, er hört sie nicht mehr, und diese Stille ist bedrohlicher als alles zuvor.

Thibaut erwachte. Aber es half ihm nicht. Der Tag, der vor ihm lag, war nicht weniger furchtbar als der Traum zuvor. Sophie war verschwunden. Er hatte ihr nicht helfen können. Und er wusste nicht, wo er sie suchen sollte.

3

Sogar jetzt noch, so viele Jahre später, als Thibaut im Esszimmer am Fenster stand, mit diesem Brief in der Hand, sogar jetzt noch erinnerte er sich an diesen Traum in allen Einzelheiten. Und an all die Gedanken, die ihn gequält hatten, damals, als er Sophie gesucht und später, als er sie wieder gefunden hatte; all die endlosen, beschämenden Gedanken an diese furchtbare erste, alles entscheidende Begegnung; wie hilflos er dagestanden hatte, als Sophie auf dem Waldboden lag; dieser Kerl über ihr, in ihr, Thibauts Zögern, seine viel zu leise Stimme, wo er doch gar nichts hätte sagen, sondern sofort hätte zuschlagen sollen.

Thibaut sah aus dem Fenster. Helene war mit Ann schon im Garten, und er würde die Einkäufe erledigen, wie jeden Samstag.

Sein Blick fiel auf das Brötchen auf Anns Teller. Wie so oft hatte sie es angebissen und liegen gelassen. Er ärgerte sich flüchtig, dann sah er auf die Glaskanne der Kaffeemaschine, in der ein dunkelbrauner Rest allmählich in sich zusammendampfte. Der Kaffeegeruch war scharf und aufdringlich geworden.

Er starrte wieder auf den Brief in seiner Hand.

Sophie wollte ihn treffen.

Er hob den Kopf.

Helene hatte die vertrockneten Sonnenblumen aus der Erde gezogen; sie lagen neben dem Beet. Jetzt war sie dabei, den Lavendel zurückzuschneiden. Als spüre sie seinen Blick, schaute sie hoch, wischte sich mit der freien Hand eine Haarsträhne aus dem Gesicht und lächelte ihm zu. Ann kam über die Wiese, lief auf Helene zu und rief etwas, das Thibaut nicht verstehen konnte.

Es war wie ein Film, der vor ihm ablief.

Unvermittelt erschrak er.

Einmal hatte er im Kino gesessen, vertieft in die Geschichte, die auf der Leinwand ablief, und hatte plötzlich einen Scheinwerfer entdeckt, der versehentlich, nur kurz, am Rande, ins Bild geraten war. Es hatte ihn aus der Handlung gerissen, daran erinnert, dass es nur ein Film war, den er da sah.

Auch jetzt hatte er das Gefühl, im Kino zu sitzen.

Und dass er ebenso gut in jedem anderen Film sitzen könnte.

Einen Moment lang fragte Thibaut sich, was dieser Film überhaupt mit ihm zu tun hatte.

Er faltete den Brief und schob ihn in seinen Kalender, unter den Dienstplan. Er setzte sich an den Esstisch und schob die Teller beiseite. Brot, schrieb er auf. Milch. Cornflakes für Ann.

Warum? Warum jetzt, nach all den Jahren?

Am Abend saß er vor dem Fernseher, ohne wirklich etwas zu sehen. Helene kam zu ihm, legte den Arm um ihn. „Wollen wir schlafen gehen?“, fragte sie. „Gleich“, sagte er, küsste sie auf die Wange und schaute wieder auf den Bildschirm.

Helene ging ins Bad. Thibaut war geradezu wütend auf Sophie. Den ganzen Tag hatte er an nichts anderes denken können. Ein paar flüchtige Zeilen von ihr. Warum sollte er sie wiedersehen wollen? Sie würde alles aufreißen in ihm, und dann würde sie wieder verschwinden, so wie sie jedes Mal wieder verschwunden war.

Er griff sich mit der Hand in den Nacken, dorthin, wo eben noch Helenes Hand gewesen war. Sicher wartete sie im Bett auf ihn. Sophie hatte ihm nie gezeigt, dass sie mit ihm schlafen wollte, sie hatte ihn immer nur gewähren lassen. Nach einer Weile stand er endlich auf. Er wollte sich duschen, er wollte Helene lieben.

Als er ins Schlafzimmer kam, sah er, dass Ann sich zu Helene gelegt hatte. Er wollte sie hochheben und in ihr Zimmer zurücktragen, doch sie schnaufte laut, verzog das Gesicht und begann zu jammern.

„Ich will bei Mama bleiben."

„Und ich?"

„Leg dich doch in ihr Bett", sagte Helene leise, schon im Halbschlaf.

Thibaut stellte sich vor, dass seine Lebenszeit, so wie die Zeit eines jedes Menschen, nicht von alleine ablief, sondern dass es an ihm lag, sie abzuschreiten. Die Zeit lag als unsichtbare Linie auf dem Boden. In seiner Vorstellung hatte jeder Mensch einen eigenen, kürzeren oder längeren Lebensfaden, dem er folgte, ohne es zu wissen. Doch wenn es nur ein Faden auf dem Boden war, den man nicht einmal sehen, den man höchstens ab und zu spüren konnte – warum folgte man ihm überhaupt? Könnte man dann nicht ebenso gut ganz woanders hingehen?

Er stellte sich vor, dass man letztlich daran irre wird, wenn man sich zu weit von seinem eigenen Lebensfaden entfernt. Man wird irre daran, dachte er, weil es dann keine Identität mehr gibt, keine Vergangenheit, keine Richtung und keinen Halt.

Aber, dachte er, gerade weil man die eigene Linie nicht sehen kann, muss man die Abweichung wagen. Nicht bloß aus Trotz oder Übermut, sondern weil man diese Linie erst spüren kann, wenn man sie verlassen hat; erst wenn man sie sucht und wiederfindet, wie ein Kind, das abends ängstlich nach Hause läuft, bevor es völlig dunkel wird.

In den vergangenen dreizehn Jahren, seitdem er sich von Sophie getrennt hatte, war er vorwärtsgegangen, Schritt für Schritt. Dreizehn Jahre, in denen er Helene geheiratet, mit ihr ein Haus gekauft, Ann bekommen hatte.

Jetzt kam ein Brief von Sophie. Und sofort warf es ihn aus der Bahn. Aber woher sollte er wissen, ob es überhaupt seine eigene Spur war, der er da gefolgt war – wenn er sich so leicht von ihr abbringen ließ?

Was, wenn er einfach auf dem falschen Weg war?

Doch egal, wie konkret oder abstrakt er über sich und Sophie nachdachte, er kam zu keinem Ergebnis.

Am Montagmorgen kam Ann zu ihm gelaufen und küsste ihn feucht und warm, ein kleiner Kinderkuss, ausgeatmet auf seine Wange. Wunderbare Ann. Er tat, als ob er fest geschlafen hätte, öffnete die Augen nur halb, um zu verbergen, wie bewegt er war. Helene würde Ann zum Kindergarten bringen, er hätte also noch fast zwei Stunden zu Hause bleiben können. Doch kaum waren die beiden fort, zog er sich an und fuhr in die Klinik.

Erst dort, als er an seinem Schreibtisch saß, zog er den Brief heraus und starrte auf das Papier.

Er atmete ein, als hätte er schon lange nicht mehr richtig geatmet. Er hatte kaum geschlafen und sich nicht gerade erholt übers Wochenende. In den letzten

Wochen hatte er sich von Tag zu Tag geschleppt, war kaum dazugekommen, nachzudenken.

Er würde nachher über die Station gehen, Einzelgespräche führen, in der ärztlichen Besprechung sitzen, ohne sich etwas anmerken zu lassen. Er wusste, er konnte sich auf seine professionelle, souveräne Ausstrahlung verlassen, die er sich in den letzten Jahren angeeignet hatte; das wusste er und war froh darum. Aber vielleicht war das alles längst zur Fassade geworden. Er fühlte sich wie gehetzt, als ob das hektische Ticken einer inneren Uhr ihn ständig vorwärtstrieb.

Er schlug seinen Kalender auf, schrieb die Telefonnummer ab, die in dem Brief stand, langsam, Zahl für Zahl. Dann erst drückte er sie in die Tasten. Es läutete.

Er klopfte mit dem Kugelschreiber auf seinem Hosenbein herum.

Niemand ging ans Telefon. Seine Hand zitterte, als er auflegte.

Er lehnte sich zurück; die Hände im Nacken, starrte er zur Decke.

Wie sah sie jetzt wohl aus?

Sophies Oberlippe war etwas voller als die untere, das wusste er. Aber er sah es nicht vor sich. An ihren Gang erinnerte er sich, ihre leichtfüßigen Schritte, die immer so gewirkt hatten, als ob sie ein paar Millimeter über der Erde schwebte. Ihre schmalen Hände sah er, die manchmal zu flattern schienen, wenn sie nervös war. Die hellen Haarsträhnen vor ihrem Gesicht sah er. Doch das Gesicht selbst?

Obwohl er schon lange nicht mehr rauchte, verspürte er die plötzliche Gier nach einer Zigarette. Da wurde ihm klar, er hatte Angst.

Thibaut stand auf und stellte sich vor das Fenster, starrte auf die Straße, obwohl er durch die Jalousien kaum etwas da draußen erkennen konnte. Er wollte nicht an all die schmerzhaften Erlebnisse denken. Und schon gar nicht durfte er sich an die unbeschreiblich schönen Momente erinnern. So waren es zunächst nur kleine Szenen, die wieder in ihm aufstiegen; Sophie, die kleine Plastik-Spielzeugtiere auf den Tellerrand des Plattenspielers setzte und Karussell fahren ließ, bis sie aus der Bahn flogen. Sophie, die Wassertropfen auf die heiße Herdplatte fallen ließ, sie anpustete und die Perlen herumeiern und tanzen ließ, bis sie zischend verdampften. Sophie, die einmal monatelang einen Apfelschnitz in einer Porzellandose hatte verrotten lassen, um dem grauen, haarigen Schimmel beim Wachsen zuzusehen.

Er dachte wieder an die Nacht, in der er Sophie gefunden und mitgenommen hatte. In dieser Nacht hatte sie zusammengerollt unter seiner Bettdecke gelegen, hatte sich nicht mehr bewegt und so lautlos geatmet, dass er sich gefragt hatte, ob sie überhaupt noch da war. Ob er das alles nicht bloß geträumt hatte.

In einer Fachzeitschrift hatte er neulich gelesen, das menschliche Bewusstsein entscheide jeden Tag neu, und zwar anhand der jeweiligen Erfahrungen, was zum eigenen Körper dazugehört und was nicht. Er ging zurück zum Schreibtisch, nahm den Artikel, der noch immer dort lag, und las ihn zum zweiten Mal.

„Man beobachtet und erforscht das in der Arbeit mit Menschen, die nach Amputationen an Phantomschmerzen leiden. Das Körperglied, das den Schmerz auszusenden scheint, ist nicht mehr vorhanden – und damit auch nicht zu beeinflussen.

Solchen Menschen kann man mit einer einfachen Spiegelanordnung helfen, so dass sie zum Beispiel den gespiegelten linken Arm für den amputierten rechten Arm halten. Es verschafft ihnen die Illusion, das verlorene Körperglied sei wieder da, sei zu bewegen, zu entkrampfen – und die Schmerzen verschwinden im selben Augenblick."

Genauso, überlegte Thibaut, ist wohl auch das Umgekehrte möglich, dass das Bewusstsein einen Teil des Körpers für nicht mehr zugehörig erklärt. Er hatte einmal das Foto eines hinduistischen Yogis gesehen, der seit zwanzig Jahren den rechten Arm hochhielt, Tag und Nacht. Das überflüssig gewordene Körperglied war dünn geworden, hölzern, die Fingernägel krumm und knorrig lang gewachsen. Dieser Mann hatte es sich zur Lebensaufgabe gemacht, seinen eigenen Arm für nicht mehr zugehörig zu erklären. Was für ein Akt des Willens, die Schmerzen solange zu ignorieren, bis sie verschwunden sind!

Absurd, hatte Thibaut damals gedacht. Aber war es eigentlich nicht genauso sinnvoll oder sinnlos wie all die anderen Versuche, das eigene Leben mit irgendetwas zu füllen, ihm irgendeinen Sinn zu geben?

Diese allererste Nacht – jetzt, so viele Jahre später, konnte Thibaut es kaum noch fassen, wie ratlos, wie unerfahren er damals gewesen war. Dass er, als er Sophie gefunden und mitgenommen hatte, nicht einmal an das Wichtigste, Notwendigste gedacht hatte – Sophie hatte sich nicht duschen können! Er hatte ihr zu essen, zu trinken, eine Zigarette, sein Bett angeboten. Aber nachts war das Wasser im Boiler eiskalt gewesen, und er hatte nicht daran gedacht, es aufzuwärmen.

Erst am nächsten Morgen verbrachte sie eine Stunde im Bad und duschte solange, wie heißes Wasser da war. In den Tagen danach aß sie kaum, rauchte viel und trank nichts als schwarzen Kaffee. Sie sah krank und mager aus. Schließlich packte Thibaut sie bei den Schultern, er hätte sie am liebsten geschüttelt und sah sie dann doch nur an. Er redete auf sie ein. Sie erwiderte seinen Blick wie verstört; wie aus weiter Ferne kam sie zu ihm, legte ihren Kopf an seine Brust, ließ es zu, dass er sie vorsichtig streichelte. Dieser Tag war auch der Tag, an dem sie wieder zu essen begann.

Sophie hatte sich Teile ihres Körpers wohl allmählich wieder angeeignet. Die Arme, den Rücken konnte

Thibaut berühren, auch wenn sie sich eingeigelt hatte. Das war etwas, das sie zulassen konnte. Doch wann immer er sie zu sich drehte, sie zu entfalten versuchte, vorsichtig ihre Brust zu streicheln begann, überließ sie Thibaut diese Brust und diesen Unterleib wie etwas, das nicht mehr zu ihr gehörte, und hielt still, bis er sie wieder losließ.

„Seltsam“, sagte sie einmal morgens, als sie neben ihm im Bett lag, „etwas von sich in einen anderen Menschen zu tun. Oder umgekehrt, Gefäß zu sein.“

Er verstand nicht, was sie damit sagen wollte. In der Nacht zuvor hatten sie sich zum ersten Mal geliebt. Thibaut war eben erst wach geworden, als Sophie, die im Bad gewesen war, sich wieder zu ihm unter die Decke legte. Ihr Körper war kühl, er zog sie näher zu sich, um sie aufzuwärmen.

„Wie meinst du das?“, fragte er leise.

„Auch dieser Mann hat versucht, etwas von sich in mich hineinzutun.“

Thibaut hielt den Atem an.

„Manchmal denke ich, es ist ihm nicht gelungen“, flüsterte sie.

„Und manchmal kommt es mir vor, als sei er noch immer in mir."

Thibaut war jedes Mal beunruhigt, wenn Sophie ihre Tage bekam. Es war etwas, dass er nicht kannte, sich nicht vorstellen konnte. Einmal hatte sie sich nach dem Frühstück wieder ins Bett gelegt. Er fragte sie, ob sie Schmerzen habe. „Nein", sagte sie, „ich blute diesen Mann aus mir heraus."

Es war eine ihrer wenigen Andeutungen über das, was geschehen war. Aber auch wenn sie nicht darüber sprachen, gab es etwas, das ihn immer wieder daran denken ließ: Es war der leichte Geruch ihres Körpers, der mit ihrer Blutung wieder auftauchte, der Geruch, der ihn an die kranke, verwilderte Katze erinnerte.

4

Irgendwie überstand er auch diesen Arbeitstag. Dann saß er in seinem Auto, betrachtete den Kastanienbaum, die Leuchtbuchstaben über dem Klinikeingang, von den angedunkelten Blättern halb verdeckt. Auf der Straße, zwischen den gelbgrünen Schalen und dem hellen zerbröselten Inneren der platt gefahrenen Früchte, lagen einige runde braune Kastanien, die im Laternenlicht glänzten.

Er fuhr los, ohne zu wissen, wohin.

Instinktiv lenkte er den Wagen nach Hause, aber kurz bevor er dort ankam, bog er noch einmal ab und fuhr in die entgegengesetzte Richtung. Auf dem ersten abgelegenen Parkplatz am Stadtrand hielt er an. Er legte die Arme aufs Lenkrad und den Kopf darauf.

Er wollte nicht nach Hause. Er wollte allein sein mit seinen Erinnerungen.

Er dachte an den Morgen, an dem er aufgewacht und Sophie neben ihm verschwunden gewesen war. Er hatte sie gesucht, Tag für Tag. Und er hatte sie wiedergefunden.

Eines Morgens, als er mit dem alten Renault zur Schreinerei gefahren war, hatte er vor einer roten Ampel neben einem Linienbus gewartet, der nach links abbiegen wollte. Große, lockere Schneeflocken fielen, die quietschenden Scheibenwischer schoben sie seitlich zusammen zu nassen Klumpen, die langsam nach unten rutschten. Thibaut schaute hoch zu dem Bus. Vorne, direkt am Fenster, saß eine ältere Frau, die ihre Arme auf die Lehne vor sich stützte und sich mit dem Fahrer zu unterhalten schien. Plötzlich glaubte Thibaut, dahinter, am anderen Fenster, Sophie zu erkennen! Er riss den Kopf hoch, doch die ältere Frau lehnte sich zurück, so dass er die vermeintliche Sophie nicht mehr sehen konnte; hinter ihm hupte es, die Ampel war längst grün; er musste anfahren und war gezwungen, in seiner Spur zu bleiben, die geradeaus führte. Bis er den Bus im Stadtverkehr wiedergefunden hatte, war die fremde Frau bereits ausgestiegen und auch die, von der Thibaut nicht wusste, ob es Sophie gewesen war.

Als er in der Schreinerei ankam, stand sein Chef schon in der Halle. Er rief Thibaut zu sich.

„Das ist nicht das erste Mal, dass du zu spät kommst."

Thibaut nickte.

„Das nächste Mal fliegst du", sagte der Chef, nicht einmal unfreundlich.

Thibaut nickte wieder und ging an seine Arbeit.

Und dann, ein paar Tage später, sah er sie wirklich.

Sophie mit einem älteren Mann – einen Mann über dreißig hielt er damals für alt; Thibaut blieb stehen.

Er sah, wie der Mann nach dem einen Ende ihres langen Schals griff, der ihr fast bis zu den Knien reichte, und es um ihren Hals wickelte. Er sah, wie der Mann Sophie um die Hüfte fasste, während sie weitergingen. Sophie lachte. Langsam ging Thibaut ihnen nach.

Sie bogen in eine Seitenstraße. Thibaut blieb an der Kreuzung stehen.

Ein paar Häuser weiter hielten die beiden an, der Mann küsste Sophie. Thibaut schaute weg. Als er wieder hinsah, verschwand Sophie in einem Hauseingang.

Der Mann kehrte um und zündete sich im Gehen eine Zigarette an. Es war ein dunkelhaariger Typ, in einem grauen halblangen Mantel; er näherte sich Thibaut, der noch immer dort stand, sich abwenden wollte und nicht konnte. Doch der Mann bemerkte ihn nicht, er überquerte die Straße und ging auf der anderen Seite weiter. Thibaut schaute zu, wie der Mann sich allmählich entfernte und schließlich nicht mehr zu sehen war.

Die Sophie, die er im Bus gesehen hatte, war ihm vertraut, obwohl er nicht einmal wusste, ob sie es wirklich gewesen war. Dieses Mal war er sich sicher, er hatte sie aus der Nähe gesehen. Er hatte sie erkannt, aber sie war ihm fremd.

Er brauchte einige Zeit um zu begreifen, dass es ihr Lachen gewesen war, das ihn so irritierte hatte.

Es war nicht das, was er kannte, nicht ihr erstauntes, offenes, kindliches Lachen. Dieses Lachen, als der Mann Sophie um die Hüfte fasste, war anders gewesen. Ein Lachen, dachte Thibaut, an dem man abprallt. An dem er abgeprallt war. Noch nie hatte er sich so einsam gefühlt.

Oder hatte er sich getäuscht?

Allmählich wurde er unsicher. Was er gesehen hatte. Was er gesehen haben wollte. War es ein Lachen gewesen? War es ein Kuss gewesen, vor dem er sich weggedreht hatte? War es überhaupt Sophie gewesen?

Tagelang lief er herum, bis er endlich beschloss, es herauszufinden.

„Sophie? Ja, die wohnt hier.“

Die Frau musterte ihn im Flur. Die Tür zum Wohnzimmer zog sie zu vor ihm, dann führte sie ihn die Treppe hinauf, an zwei geschlossenen Türen vorbei, und deutete geradeaus, auf einen Eingang mit einer eigenen Klingel an der Seite.

Sophie sah ihn an. Zögernd ließ ihn sie hinein. Links eine Küchenzeile, ein kleiner Turm von ungespültem Geschirr, dann die Tür zum Bad. Zur rechten Seite, zum Fenster hin, ein Tisch, eine Teetasse darauf, der benutzte Teebeutel in einem leeren Marmeladenglas. Über dem Stuhl, dem einzigen Stuhl im Zimmer, hing der grau und rot geringelte Schal; Thibaut dachte an den Mann, der Sophie diesen Schal um den Hals gewickelt hatte. Er drehte sich um.

Zwei Matratzen übereinander auf dem Boden, eine Holzkiste voller Kleider. Eine andere als Nachttisch umfunktioniert, eine Lampe stand darauf, ein Buch lag daneben. Er hätte gerne gewusst, was Sophie da las, doch der Buchrücken lag zur Wand, und eine Postkarte über dem Deckel verbarg den Titel. Wer hatte ihr geschrieben? Wie wenig er von Sophie wusste!

Es klopfte an ihre Tür.

„Der Sohn der Vermieter", sagte Sophie. Ein kleiner Junge mit einem schmalen, bleichen Gesicht. Er ging an Sophie vorbei, die ihm geöffnet hatte, steuerte auf die Küchengeräte, dann auf die Kiste mit dem Buch zu, fragte monoton, „was ist das?", „was ist das?" und wandte sich von jedem Gegenstand gleich wieder ab, während Sophie noch mit einer Antwort befasst war, die ihn gar nicht erreichte.

„Er tut mir leid“, flüsterte sie zu Thibaut. „Sie sind so gemein zu ihm."

„Ich hab dir was mitgebracht aus der Stadt", sagte Sophie zu dem Jungen. Sie schenkte ihm ein kleines leuchtend rot lackiertes Auto; er riss es aus der Verpackung, drehte es in den Händen hin und her, dann zog er damit ab. Sie drückte die Tür hinter ihm ins Schloss und blieb stehen.

„Jedes Mal, wenn seine Mutter mich sieht", sagte Sophie, „erzählt sie mir, dass er wieder ins Bett gemacht hat. Oder was er sonst alles anstellt."

Thibaut wusste noch immer nicht, was er sagen sollte.

„Er heißt Nikolas", sagte Sophie.

Thibaut sah sie an. Sie erwiderte seinen Blick.

„Schön, dass du gekommen bist", sagte sie leise.

Noch immer schauten sie sich in die Augen.

Er nahm ihre Hände in seine.

„Ich hab dich überall gesucht."

„Jetzt hast du mich gefunden", sagte Sophie.

Später, als Thibaut im Bad war und dort durch das Fenster schaute, sah er, wie die Mutter unten auf der Terrasse dem Kind das rote Auto aus der Hand riss und damit im Haus verschwand.

Es ist Nacht; Sophie steht mit dem Rücken an der Wand, neben der Tür, die vibriert von den Stößen und Tritten auf der andern Seite; sie steht im Dunkeln auf nackten Füßen und zittert. Es ist der Junge, der sich vor

Sophies Tür geflüchtet hat; sie hört seine schwachen Fäuste klopfen; sie hört, wie sein Körper gepackt wird und dabei gegen die Tür knallt; hört den Vater brüllen, die Mutter kreischen und das Kind weinen; Sophie steht starr, unfähig, sich zu bewegen, dem Kind zu helfen; so steht sie, bis der Junge weggezerrt wird, die Türen auf der anderen Seite des Flures zuknallen und es plötzlich still wird. Thibaut, der fester geschlafen hatte als sie, war erst jetzt völlig wach und richtete sich auf. Er zog Sophie, die noch immer zitterte und eisige Beine hatte, zu sich ins Bett, um sie aufzuwärmen.

„Beruhig dich, Sophie", sagte er. „Du kannst ihm doch nicht helfen." Er legte den Arm um sie. „Ich weiß nicht", sagte sie leise. Sie weinte.

Am nächsten Morgen war Thibaut wieder zu spät in die Schreinerei gekommen. Kurz vor Ostern noch einmal, weil er verschlafen hatte. Da warf der Chef ihn hinaus. Thibaut hätte sowieso im Sommer gekündigt, er wollte studieren; er hatte es damals schon gewollt, als er den Job angenommen hatte. Jetzt traute er es sich zu.

Doch erst einmal, völlig unerwartet, hatte er frei. Große Ferien. „Lass uns wegfahren!", rief Sophie. Von

Frankreich aus Richtung Spanien, schlug Thibaut vor, mit dem alten Renault. „Vielleicht“, sagte er, „schaffen wir es mit dieser Kiste sogar bis Portugal.“

Sophie ließ ihn die Routen auswählen, das Essen bestellen, die Rechnungen bezahlen. Einmal, als sie Arm in Arm spazieren gingen, ließ sie sich blindlings von ihm führen; er musste sie auf Steine und Stufen aufmerksam machen. Sie hielt sich fest an ihm, lauschte den Geräuschen, die sie umgaben, streckte ihr Gesicht der Sonne entgegen; ihre Augenlider zitterten dabei.

Auch wenn sie sich liebten, hielt Sophie ihre Augen geschlossen, während Thibaut sie betrachten, sie sehen wollte. Das Licht, das sie gelöscht hatte, machte er wieder an; er wollte jede seiner Bewegungen in ihrem Gesichtsausdruck wiederfinden. Er wollte näher und näher zu ihr. Doch immer öfter kam es ihm vor, als würde sie ihm ausweichen.

Die letzten Tage vor Lissabon sind Thibaut im Gedächtnis geblieben wie eine überbelichtete Filmsequenz.

Sophies Kopf auf seiner Schulter, im Renault, auf der Straße nach Biarritz. Eine Afrikanerin auf der Straße in San Sebastian, einen riesigen rot-schwarzen Beutel

Espressobohnen in jeder Hand. Auf dem Weg durch ein Dorf ein halberwachsenes Mädchen, mit einem Baby, das aus eitrig entzündeten Augen blinzelt. Ein Junge in den Gassen von Vitoria, der von seinem wackeligen Rädchen fällt, und der Mann, der aus dem dunklen Hausflur stürzt, brüllt, drohend die Hand hebt über dem weinenden Kind; Sophie, die hilflos daneben steht.

Ein alter Mann, der sich im Park neben Sophie setzt, sein unbefestigtes Gebiss tanzt im gruseligen Kontrast zu den Mundbewegungen auf und ab, während er ihr Bruchstücke seines Lebens auf Portugiesisch erzählt, wild gestikuliert dabei; Sophie, die ihn gerne verstehen würde und es doch nicht kann. „Komm doch“, sagte Thibaut, „gehen wir weiter. Lass dich doch nicht auf alles ein.“

Sie fuhren durch bis Coimbra und weiter bis zur Küste, Sophie wollte ans Meer. Dort schlugen sie ihr Zelt auf.

„Wie lange sollen wir bleiben?“, fragte Thibaut; „Zwei Tage“, sagte Sophie, „oder drei. Und dann nach Lissabon!“

Auch von Lissabon einige Erinnerungen wie Schlaglichter, Sophie in dem roten bodenlangen Kleid, das er ihr in der Rua Augusta gekauft hatte. Den ganzen Abend über strahlte sie, lachte, ihre Augen leuchteten, die Kellner bedienten sie souverän und zuvorkommend zugleich. Thibaut bemerkte die bewundernden Blicke im Restaurant, und wie sehr Sophie diese Blicke genoss.

Das Kleid, das Essen, das Hotel, das sie sich für diesen Abend geleistet hatten; allmählich ging sein Geld zu Ende. Thibaut rechnete kurz, dann schob er den Gedanken wieder beiseite. Er griff über den Tisch nach Sophies Hand; sie war warm.

Als die Tür des Hotelzimmers hinter ihnen zufiel, zog er Sophie zu sich heran, schob den dünnen Träger des Kleides von ihrer Schulter und küsste die schmale helle Spur auf ihrer Haut. Sie zog den Träger wieder hoch.

„Ich bin müde, Thibaut."

Sie entwand sich seiner Umarmung, setzte sich auf die Bettkante und streifte die Stöckelschuhe ab.

Er stand unschlüssig da, erst jetzt spürte er den Alkohol, und eine Enttäuschung, die langsam und schwer in ihm aufstieg. „Ich dusch mal", sagte er schließlich, ging ins Bad und zog die Tür hinter sich zu.

Als er mit einem Handtuch um die Hüften zurückkam, hatte Sophie sich gerade aus dem engen Kleid geschält, griff nach ihrem T-Shirt, das auf dem Bett lag, und zog es über.

„Sophie“, sagte er, stellte sich hinter sie und umarmte sie so, dass sich ihre Blicke in dem großen Wandspiegel trafen. „Ich liebe dich. Ich wünschte ...“

„Thibaut”, unterbrach sie ihn und löste sich von ihrem gemeinsamen Spiegelbild; „ich muss dir etwas sagen.”

Er setzte sich auf das Bett und sah sie fragend an.

Sophie setzte sich mit einigem Abstand neben ihn und zog mit den Zehen eine Linie auf den Teppichboden. Sie schien nach Worten zu suchen. Sie strich die Linie mit dem Fuß weg und zog sie wieder neu, in einem fort. Ihre Augen folgten der Bewegung. Schließlich stand sie auf und sagte, mit dem Rücken zu ihm:

„Ich bin schwanger, Thibaut.“

„Ja, aber ...“

Jetzt drehte sie sich um und sah ihm ins Gesicht. Er hob die Hände, als wolle er ein Paket entgegennehmen, als wolle er sagen: Wo ist das Problem?

„Ich bin im dritten Monat."

Wieder wandte sie sich ab.

„Wir sind erst seit zwei Monaten wieder...", sagte sie leise.

Sie beendete den Satz nicht.

Er begriff es nicht. Er wollte es nicht begreifen.

„Ich war schon schwanger, als wir uns wiedergetroffen haben, Thibaut. Ich wusste es nur noch nicht."

Jetzt stand auch Thibaut vom Bett auf. Er ging bis zur Zimmertür und wieder zurück. Er sah Sophie mit diesem Mann in seinem grauen Wollmantel; sah, wie dieser Mann Sophie den Schal um den Hals wickelte, Sophie um die Hüfte fasste.

Sein Magen krampfte sich so zusammen, dass er einen Moment lang dachte, er müsse sich übergeben.

5

„Wir können gleich essen“, rief Helene von der Küche aus, als er im Flur stand und seine Schlüssel auf die Ablage fallen ließ. Ann saß im Wohnzimmer, schaute gebannt auf den Fernseher und sah nur kurz zu ihm auf, dann versank sie wieder in dem lauten, unruhigen Kinderprogramm.

Helene kam ihm entgegen mit einem schnellen „Wie war dein Tag?“; sie umarmte ihn, die Hand, in der sie den Topflappen hielt, auf Abstand dabei. Sie ging gleich wieder zum Herd. Er hörte, wie sie die Ofenklappe öffnete und wieder schloss, dann das Klappern des Bestecks, das sie aus der Schublade nahm und auf das Tablett neben die Teller legte.

Thibaut war verwirrt. Helene schien nicht zu merken, dass etwas mit ihm geschehen, dass etwas zwischen ihnen verändert war. Es machte die Sache leichter, aber er spürte zugleich eine unbestimmte, sicher auch unberechtigte Enttäuschung.

Er setzte sich an den Tisch.

Helene schaltete den Fernseher aus und holte Gläser aus dem Wohnzimmerschrank. Ann erhob sich murrend vom Sofa und setzte sich neben Thibaut.

Nach ihrer Rückkehr aus Lissabon war er zum ersten Mal in die Stadt gefahren, in der er ein paar Monate später mit dem Studium beginnen wollte. Er war so spät aufgestanden, dass er sich zwar einen Kaffee gekocht, aber keine Zeit mehr gehabt hatte, ihn zu trinken. Er hatte seine Tasse mit ins Auto genommen und klemmte sie, solange er beide Hände am Steuer brauchte, zwischen die Oberschenkel.

Landstraßen, Wälder; Wiesen, über denen Nebel hing; dann wieder kleinere Ortschaften.

Ständig sah er es vor sich, wie dieser Mann Sophie den Schal um den Hals wickelte. Mehr wollte, mehr konnte er sich nicht vorstellen. Sophie mit einem kleinen zappelnden Etwas in ihrem Bauch, das konnte er sich nicht vorstellen.

Bei den Seepferdchen kriegen die Männchen die Jungen, fiel ihm ein. Sie wachsen in einer Bruttasche am Bauch der Männchen heran. Ein Seepferdmännchen, dachte Thibaut, würde nie in der Lage sein, in der er sich jetzt befand.

Im letzten Moment hatte er sich für Psychologie eingeschrieben, und alles, was ihm jetzt einfiel, waren die Geschichten aus seiner Schulzeit, in der er sich so für Tiere begeistert hatte. Hätte er sich doch für Biologie entscheiden sollen? Zu wenig Berufschancen? Warum war er immer so unsicher, so unentschlossen!

Wieder ein Dorf. Ein buntes handgemaltes Plakat an einem Holzpfosten: „Fahr langsam“, las er. „Schulanfang.“ Ein Mädchen mit fliegenden Zöpfen, ein Junge in Latzhosen, beide mit großen Ranzen auf dem Rücken – „Es könnte auch dein Kind sein“, stand darunter. Thibaut bremste ab. Der Kaffee schwappte auf seine Beine. „Scheiße“, brüllte er, „Scheiße, Scheiße, verdammte Scheiße!“ Er kurbelte das Fenster herunter, schüttete den Rest nach draußen, der Kaffee klatschte gegen das Hinterteil des Renaults. Thibaut warf die Tasse auf den Beifahrersitz und zog die Hose so weit wie möglich weg von der Haut, um Luft zwischen den heißen nassen Stoff und sein verbranntes Bein zu schaffen. Am liebsten wäre er aus dem Auto gesprungen, um den Pfosten umzureißen und das gottverdammte Schild zu zertreten. Doch er war schon fast am Ortsausgang, er war einfach nicht schnell genug, immer, immer war er zu langsam. Außerdem war er viel zu vernünftig; er wusste ja, dieses lächerliche Pappding konnte auch nichts dafür.

So kam er an in der neuen Stadt.

Vorläufig konnte er bei Freunden übernachten.

Am nächsten Morgen stand er im Bad vor dem Waschbecken und besah sich selbst aus nächster Nähe. Voller Ekel zerquetschte er einen Pickel, der in seinem Gesicht aufgeblüht war. Die kleinen weißgelben Sprenkel, die auf der Spiegelfläche gelandet waren, betrachtete er bitter befriedigt, bevor er sie mit Klopapier wegwischte. Die Haut schälte sich auf der Stirn und dem Nasenrücken. Mit diesen Hautschuppen rubbelte er auch die letzten Reste der iberischen Sonne weg.

Zwei Monate lang meldete er sich nicht. Dann kam er nach Hause, um Mémé zu besuchen. Und ohne dass er es geplant hatte, ohne dass er darüber nachgedacht hatte, stand er wieder vor Sophies Haus. Seine Finger hielten inne über dem weißen Knopf der Klingel, auf der nur der Name der Vermieter zu lesen war. Thibaut wusste nicht, ob er läuten sollte. Oder wieder gehen sollte. So stand er, einen kurzen und doch endlosen Moment lang.

Er hörte schnelle, sich nähernde Schritte; es war Sophie, die die Treppe herunterkam. Dann stand sie vor ihm. Ihr langes blondes Haar war verschwunden.

„Ich hab den Renault gehört", sagte sie atemlos.

„Du hast die Haare geschnitten."

Ihr Gesicht, wie freigelegt, wurde rot. Als er ihr ins Haus folgte, sah er ihren ausrasierten Nacken, den Hinterkopf.

Sie standen in ihrem Zimmer vor der Küchenzeile. Er bemühte sich, nicht auf ihren Bauch zu starren. Er schaute auf ihren so schön geschwungenen Mund, die Lippen, die jetzt leise zitterten. Er zitterte mit.

Thibaut wandte sich, obwohl er sich fast davor fürchtete, der Seite mit den Matratzen und den Holzkisten zu. Sie waren verschwunden.

Dort war das Zelt.

Ihr gemeinsames Urlaubszelt.

Fast den ganzen Raum nahm es ein, die Matratzen und Decken lagen darin. Es nahm ihm den Atem. Er hätte zum Fenster stürzen, es aufreißen wollen, doch dazu hätte er sich an dem Zelt vorbeizwängen müssen, in dem der Sand der portugiesischen Strände wohl noch in jeder Ritze saß.

Er wollte an Sophie vorbei aus der Wohnung rennen; doch sie stand da, an der Spüle; er sah ihre Schultern beben.

Dann war sie in seinen Armen. Sie weinten beide.

„Es tut mir so leid", flüsterte sie.

Mit den Fingerspitzen wischte er ihr die Tränen von den Wangen.

„Sophie, kannst du mit dem Bauch auch noch draußen zelten?"

„Sicher." Sie lächelte vorsichtig.

Sie packten das Zelt zusammen und fuhren damit zum Campingplatz am Rande der Stadt.

Sie weinte die ganze Zeit. Sie hörte überhaupt nicht mehr auf zu weinen. Die Tränen liefen ihr unablässig übers Gesicht; sie führte seine Hände zu ihrem Körper, um ihm zu zeigen, dass er sie dennoch anfassen sollte. Er atmete schwer. Er hatte sich nicht so schnell wieder einlassen wollen, doch es zog ihn immer weiter und näher zu ihr. Als er in ihr war, ganz leicht über ihr, sein Gewicht auf beiden Armen neben ihrem Körper abstützend sie anschaute, begannen zarte Regentropfen gegen die Außenhaut des Zeltes zu klopfen. Sein Herz lief über. Außen der Regen, ihre Tränen innen, einen Moment lang fühlte er das Zelt hochgehoben von ansteigendem Wasser, davongetrieben in ein weites, offenes, grenzenloses Meer.

6

Der Nashornvogel, das hatte Thibaut schon als kleiner Junge in einem Tierfilm gesehen, sucht für sein Weibchen eine kleine Baumhöhle, in die sie gerade hineinpasst. Sie reißt sich die Flugfedern aus, die sie in den nächsten Monaten nicht brauchen wird, und polstert damit das Nest aus. Mit Lehm mauert er die Höhle sorgfältig zu, bis auf eine kleine Öffnung, durch die er seinen Kopf stecken kann. Und während sie, sicher, geschützt, ihre Eier legt, bringt er ihr unermüdlich Futter und Wasser, drei Monate lang, bis die Jungen geschlüpft und groß genug sind; auch die Flugfedern des Weibchens sind dann nachgewachsen. Thibaut hoffte, dass Sophie sich die Flugfedern ausreißen würde, um sie in seiner sicheren Höhle nachwachsen zu lassen.

Sie gab ihr Zimmer auf, um mit ihm in die Universitätsstadt zu ziehen. Die beiden alten Matratzen wollte Thibaut nicht mitnehmen. „Wir kaufen ein Bett. Ein Bett für drei!”, rief er und lachte. Den Rest von Sophies Sachen stopften sie in den Renault.

Dann stand nur noch das rote Spielzeugauto auf der Fensterbank; das Auto, das Sophie für den kleinen Nikolas gekauft und später in der Mülltonne wiedergefunden hatte.

Kurz bevor sie losfuhren, spülte Sophie es ab, lief damit die Treppe hinab, schwang sich auf den Beifahrersitz und schenkte es Thibaut. Es war noch nass und tropfte, es glänzte wie nie zuvor.

Die erste Zeit mit der kleinen Jule, eine Zeit voller Lachen und Staunen, alles war neu und ein Wunder. Sie versuchten zu begreifen, was das Kind wollte, was es brauchte, und wünschten sich nur, dass sie es ihm würden geben können.

Aber auch eine Zeit voller Tränen und Erschöpfung, später, als Thibaut oft erst abends von der Uni kam, weil er dort noch einen Job angenommen hatte; das Geld reichte dennoch kaum für das Nötigste.

Manchmal, wenn er nach Hause kam, lief Sophie verzweifelt in der Wohnung umher, mit Jule auf ihrem Arm, die brüllte und nicht einschlafen konnte, sich auch von Thibaut nicht mehr dazu bringen ließ, der selbst schon zum Umfallen müde war und nicht wusste, ob er sich zuerst um die weinende Sophie oder um das schreiende Kind kümmern sollte – bis sie sich schließlich zusammen in das große gemeinsame Bett legten, Thibaut mit Sophie und sie mit Jule in den Armen; er beruhigte Sophie und sie beruhigte das Kind, und endlich schliefen sie alle drei.

Sophie hatte sich nicht mit ihm gefreut, damals, als er sein Diplom bekommen hatte; sie hatte geweint. „Du gehst deinen Weg", hatte sie gesagt, „während ich auf der Stelle trete!"

Dann war die Zusage von der Klinik gekommen, und, statt es miteinander zu feiern, hatten sie gestritten: „Was willst du denn?", hatte er geschrieen; „Was ich will?" hatte sie gebrüllt, „Was hab ich denn? Einen Theaterkurs an der Volkshochschule, einmal die Woche, das ist alles, was ich hab! Und wenn wir in dieses Nest ziehen, ist es damit auch vorbei!"

„Hast du vielleicht eine bessere Idee?"

„Thibaut, wir kennen niemanden dort."

„Was sollen wir denn sonst tun?"

„Ich weiß es nicht."

„Dann lass es uns wenigstens versuchen."

Montagmorgen, Thibaut schon im Bad; er beeilte sich, er musste in einer Viertelstunde los. Jule war zu Sophie ins Bett geschlüpft und dort wieder eingeschlafen. Thibaut setzte sich auf die Bettkante und berührte Sophie sachte, um sie zu wecken. Sie zog ihre Schulter unter seiner Hand weg und drehte sich auf die andere Seite. Er ging und suchte Jules Kleider zusammen, brachte sie ins Wohnzimmer, wo Jule inzwischen zu spielen begonnen hatte. Er zog ihr den Pulli über, so, dass sie ihr Spiel dabei nicht unterbrechen musste; Sophie stand auf und ging in die Küche, um Kaffee aufzusetzen.

Dann saßen sie zu dritt am Tisch, Jule wippte mit den Beinen, schaufelte summend ihre Haferflocken zu einer Berg-und-Tal-Landschaft zurecht; bis sie sich mit der Hand zu fest auf den Tellerrand stützte, der Milchsee kippte und überlief. Sie schaute ängstlich hoch zu ihrer

Mama, doch Sophie stand auf, mit ausdruckslosem Gesicht, holte einen Lappen und wischte die Pfütze schweigend auf.

Thibaut dachte sich, dass Sophie auch heute wieder den ganzen Vormittag im Bett verbringen würde, bis sie Jule vom Kindergarten abholen musste. Aber an diesem Morgen half ihr scheinbar nicht einmal das, die Aussicht, gleich wieder vier Stunden lang in sich selbst verschwinden zu können.

Sophie wusch den Lappen lange aus. Jule war still geworden.

Thibaut ging zu Sophie in die Küche.

„Sophie, was ist denn?"

„Ich will das nicht mehr."

„Was denn?"

„Die Haferflocken. Die Kinderkassetten auf dem Fußboden. Die Trinkflaschen und Vesperdosen, auf die ich JULE schreiben muss ..."

Thibaut schwieg. Sophie verbarg das Gesicht, die Augen in ihrer Handfläche.

„Immer warte ich darauf, dass das Leben irgendwann anfängt. Dass Jule größer wird, dass mein eigenes Leben anfängt. Und wie alt bin ich dann?"

Kurz schaute sie hoch, schaute ihn an.

„Sophie, das Leben fängt nicht mehr irgendwann an. Das hier ist schon das Leben."

Er wollte sie umarmen, doch Sophie entwand sich ihm.

„Ich muss los", sagte Thibaut. „Ich bin spät dran."

Sie schauten beide gleichzeitig zu Jule, Jule mit ihren dunklen, fragenden Augen. Sophie ging hinüber und nahm sie in die Arme. Dann zog sie ihr die Jacke über und schickte sie los, mit Thibaut.

An den Tagen, an denen er spät in die Klinik gefahren und dafür bis zum Abend geblieben war, hatte er Jule immer mitgenommen und in den Kindergarten gebracht.

Obwohl er wusste, dass es nicht so war, hatte er es so in Erinnerung, als sei dies die letzte Begegnung, als sei dies der endgültige Abschied von der kleinen Jule gewesen; ein kurzer Kuss an der Tür; Thibaut klopft noch einmal von außen an die Scheibe mit den vielen fettigen Fingerabdrücken; Jule steht und winkt; immer hatte sie ihm gewinkt, bis er wieder im Auto gesessen hatte und losgefahren war.

Und dann war ein Patient in der Nacht gestorben. Wenn jemand in der Klinik starb, gab es eine kurze Information bei der nächsten Besprechung, der Name fehlte auf der nächsten Patientenliste und das Bett war frisch bezogen und neu belegt, wenn Thibaut wieder in dieses Zimmer kam.

Aber diesmal lag der Tote noch dort, seine Frau saß noch immer, wie an den Tagen zuvor, auf dem Stuhl neben ihm. Der Sohn war am frühen Morgen angekommen und gerade hinausgegangen, als Thibaut das Zimmer betrat.

Thibaut wollte sich nicht anmerken lassen, dass er noch nie in der Nähe eines Toten gewesen war. Er setzte sich so, dass er ihn nur aus den Augenwinkeln wahrnehmen konnte und konzentrierte sich auf die Frau.

Obwohl sie, vom Schluchzen geschüttelt, kaum sprechen konnte, begann sie sofort. „Ein Leben lang haben wir nur gearbeitet“, sagte sie, „er war erst seit einem Monat in Rente.“ Sie hätten reisen wollen, er wollte so gerne mal nach Italien, und immer war es zu teuer gewesen. Auf so viel hatten sie verzichtet, um ihr Haus bauen zu können, für sich, für die Kinder. Und nun würde sie es verkaufen müssen, weil sie nicht allein auf zwei Etagen wohnen konnte und die Kinder längst woanders lebten.

Thibaut betrachtete diese Frau, die so völlig erfüllt war von Verzweiflung und Schmerz. Er empfand ihr altes Gesicht und die Intensität dieses Augenblicks als schön, was ihn gleich darauf verwirrte. Er hatte sich mit ihr an den Holztisch gesetzt; die Tablettenschachteln und die Obstschale auf dem gelben Deckchen schob sie zur Seite, eine Bewegung, bei der sie mit etwas mehr Schwung alles vom Tisch gefegt hätte. In der Schale eine dunkelfleckige Banane, kleine Honig- und Marmeladentöpfchen, ein schrumpeliger Delicious. Beim Anblick dieses faden Apfels bemerkte Thibaut wieder den süßlich-muffigen Geruch, der in diesem, in allen Krankenzimmer lag; es war ein Geruch, der ihm den Atem verschlug, dem sich zu stellen ihn manchmal eine unglaubliche Überwindung kostete. Er spürte es, wenn er die Zimmertür öffnete, laut und freundlich hineingrüßte und dabei am liebsten davongelaufen wäre. Dann atmete er einige Minuten sehr flach, bis ihn die jeweilige Tragödie in den Zimmern erfüllte und er den Geruch und seinen Widerwillen vergessen hatte.

Abends, wenn er wieder zu Hause war, hatte Thibaut oft das Bedürfnis, sich zu duschen und frische Kleider anzuziehen.

Nun saß er in einem Zimmer mit einem Mann, der gestern noch am Leben gewesen war. Als er sich dessen bewusst wurde, wandte er sich ihm etwas zu und sagte in das Schweigen der Frau, die Atem schöpfte vor der nächsten Welle des Schmerzes: „Er sieht friedlich aus."

„Ja, das stimmt", sagte sie, „in den letzten Tagen hatte er entsetzliche Schmerzen. Nun hat wenigstens das ein Ende."

Thibaut hatte jetzt keine Angst mehr vor dem Toten, der wachsbleich auf den Kissen ruhte, eine Reliquie. Doch es drängte ihn aus dem Zimmer hinaus, zu Sophie, zum Leben hin.

Auf dem Nachhauseweg drehte er die Musik auf und kurbelte die Fenster des Wagens ganz hinunter. Der Fahrtwind nahm ihm beinahe den Atem. Er hatte plötzlich Lust auf Sophie; Lust, sie zu lieben, sie zu stoßen, er stellte sich Schreie vor, die sie bei diesen Stößen nicht würde zurückhalten können.

Er erinnerte sich an eine Reportage von Tierforschern, die beobachtet und gefilmt hatten, wie ein Elefantenbulle eine todkranke Elefantenkuh mit Kopulationsbewegungen ins Leben zurückzuholen versuchte. Die Forscher hatten betont, dass diese Andeutung von Geschlechtsakt nicht der Fortpflanzung diene und daher sehr bemerkenswert sei. Thibaut hätte gerne noch länger darüber nachgedacht. Diese dunkle Verbindung von Sexualität und Tod.

Doch er war schon vorm Haus angekommen. Er stellte den Motor ab.

Sophie lag still, die Hände über der glatt gestrichenen Bettdecke, was ihn unwillkürlich an den Toten erinnerte. Er setzte sich zu ihr und nahm ihre Finger in seine Hand. Kaum war er da, begann sie zu weinen.

„Sophie, was ist los?“

Sie weinte.

„Ich bin da. Ich liebe dich.“ Oft sagte er ihr das in letzter Zeit. Doch es nährte sie nur kurz. Sie hielt die Augen geschlossen, zog seine Hand vor ihren Mund und schluchzte. Er redete beruhigend auf sie ein, bis ihr Weinen endlich verebbte.

„Thibaut“, sagte sie später, als sie sich die Nase putzte, „im Fernsehen haben sie eine Frau gezeigt, in Texas, die man mit dem Kran aus ihrer Wohnung geholt hat. Sie mussten sie durchs Fenster hieven, weil sie nicht mehr durch die Tür gepasst hat.“

Thibaut musste lächeln.

„Lach nicht. Würdest du mich auch lieben, wenn ich zweihundert Kilo wiegen würde?“

„Ich liebe dich“, wiederholte er, „egal, wie du aussiehst.“

„Nein, das glaube ich nicht. Nicht, wenn ich so fett wäre, dass ich nicht mehr durch die Tür passen würde. Was heißt denn Liebe?“

„Durch die Hülle hindurchzusehen?“ schlug er vor.

„Was denn zu sehen?“

„Na, den Menschen dahinter. Die Seele, wenn du so willst.“

„Und wie findet man sie? Unter zweihundert Kilo?”

„Sophie, du bist dünn, du bist schon fast zu dünn! Du wiegst keine zweihundert Kilo!“

Thibaut lachte, aber es war ein hilfloses Lachen.

„Ich fühl mich aber so.”

Er war müde. Er hatte Hunger.

„Ich mach mal was zu essen", sagte er, stand auf und ging in die Küche.

Walther, der Kollege, den er am meisten schätzte, hatte seine Stelle in der Klinik gekündigt, um eine eigene Praxis zu eröffnen.

Thibaut fürchtete, damit den einzigen Freund zu verlieren, den er mit Sophie teilte. „Quatsch", sagte Walther, „was hat das damit zu tun?" Thibaut behauptete, die Freude an der Arbeit in der Klinik jetzt völlig zu verlieren. „Gut", meinte Walther, „dann machst du das hier noch eine Zeit lang, und dann ziehst du irgendwann nach."

7

Eine Zeit lang. Dreizehn Jahre waren daraus geworden. Warum, dachte Thibaut, als er jetzt neben Helene im Bett lag, nach einer weiteren langen, durchwachten Nacht, warum hatte er nie gekündigt? Er stand leise auf. Es war noch zu früh, um Helene und Ann zu wecken; er hinterließ eine Notiz auf dem Küchentisch und fuhr in die Klinik.

Noch war alles ruhig auf der Station. Sein Büro wirkte fremd, ungewohnt in der Morgendämmerung. Es war eine ganz andere Stille als an den Abenden, an denen er oft noch länger dort saß, die Ereignisse des Tages nachklangen; er die Schicksale der Patienten in Diagnosen, Berichte und Anträge umformulieren musste.

Er knipste die Schreibtischlampe an und gleich wieder aus, das Licht war ihm zu grell. Er setzte sich, legte die Füße hoch, und beschloss, einfach zu warten, da zu sitzen, bis es hell wurde, bis es eine einigermaßen angemessene Uhrzeit war, um Sophie anzurufen.

Diesmal war sie sofort am Telefon. Ihre Stimme war unverändert, wie vor Jahren. Als hätte es die vergangenen Jahre überhaupt nicht gegeben. Er hörte ihre Stimme und wusste nicht, was er sagen sollte.

„Wie geht es dir?“ fragte sie.

„Sophie, was willst du? Warum hast du mir geschrieben?“ fragte er vorsichtig.

„Ich wollte hören, wie es dir geht. Ich wollte...“

Sie beendete den Satz nicht.

Sie schwieg einen Moment lang, dann sagte sie:

„Ich hab demnächst eine Aufführung in Prag. Wir spielen zwei Wochen dort. Ich bin...“

„Sophie...“

„Du musst jetzt nichts sagen, Thibaut“, unterbrach sie ihn. „Lass uns wieder telefonieren.“

Plötzlich war ihm leicht, zum Lachen zumute. Als hätte jemand diese innere, ständig tickende, ihn vorwärtstreibende Uhr einfach abgestellt. Einen Moment lang konnte er sich einfach freuen, dass Sophie den Mut gehabt hatte, ihm zu schreiben. Dass er den Mut gehabt hatte, sie anzurufen. Doch dann dachte er daran, dass er ihr nie mehr hatte begegnen wollen, dass er sich dieses „nie mehr“ damals geschworen hatte. Während er mit Sophie telefoniert hatte, war er aufgeregt im Zimmer auf und abgelaufen, nun knickten seine Beine geradezu ein. Er warf sich in den Sessel, legte den Kopf in den Nacken, rang nach Luft, wie ein Ertrinkender, ein Schiffbrüchiger auf offenem Meer. Schließlich stand er wieder auf und atmete durch. Er musste mit irgendjemandem reden. Und es gab niemanden, mit dem er darüber reden konnte, außer Walther. Obwohl er ahnte, was Walther dazu sagen würde, rief er ihn an und fragte ihn, was er tun sollte.

„Komm vorbei“, sagte Walther, „ich bin da, heut Abend.“

Für Walthers Abschied von der Klinik hatten sie sich damals etwas Besonderes ausgedacht: Sophie sollte auf dem Fest überraschend, als Walthers fiktive, halb verblühte Jugendliebe zurechtgemacht, erscheinen und den überrumpelten Gastgeber in eine improvisierte Szene verwickeln.

Das Sommerfest der Klinik, ab und zu ein runder Geburtstag eines Kollegen, das waren die seltenen Anlässe, miteinander auszugehen. Sophie war meist schnell in Gespräche verwickelt, so auch an diesem Abend auf Walthers Fest, doch Thibaut blieb zurückhaltend, schweigsam.

Er hörte, wie ein Kollege mit einem Paar sprach, das neben ihm stand.

„Wie habt ihr euch eigentlich kennengelernt?"

Diese Frage, die man auf solchen Festen stellt, aus Neugierde, oder weil man eine nette Geschichte hören, ein wenig unterhalten werden will; diese Frage fürchtete Thibaut. Was sollte er sagen, wenn ihn jemand fragen würde? Wie er Sophie kennengelernt hatte? Nach einem Dorffest, er hatte nach Hause fahren wollen, sein Auto stand am Waldrand, und dann hatte er Schreie gehört, Sophie auf dem Boden, dieser Mann über ihr, in ihr, so haben wir uns kennen gelernt. Das kann man nicht sagen.

Thibaut blieb im Türrahmen stehen, ein Glas Wein in der Hand, und sah zu, wie Sophie auf Walther zuging und ihn beiläufig nach der Toilette fragte, bevor sie verschwand.

Dann läutete es, wie verabredet. Walther war ehrlich überrascht. Thibaut saß zwischen der Stationsleiterin und dem Chefarzt, sie schauten sich an.

Sie hörten Walthers sonore Stimme im Hausflur, die gleich übertönt wurde von einem fröhlichen, halb hysterischen Aufschrei. Eine grell geschminkte Dame betrat und durchschritt den Raum mit affektierten Bewegungen, gefolgt von Walther, der neben ihr aussah wie ein gutmütiger, alternder Bär, den sie respektlos antippte, bevor sie mit einer großartigen Geste auf die Gäste wies: „Schätzchen, sind das alles deine Freunde?! Und alles studierte Leute, mein Gott, da hoff ich doch, dass du dich nicht genierst mit mir..." Sie strahlte den Chefarzt an, verwickelte ihn in ein paar Sätze, bevor sie sich wieder auf Walther stürzte, der sich eine Zigarette anzündete und sich gerade etwas fassen wollte. „Rauchst du immer noch so viel? Ich sag euch, wenn der morgens neben mir lag, und mich küssen wollte, mit diesem abgestandenen Nikotingeruch im Mund, das riecht ja – wie aus dem Grab..." Sie schüttelte sich, quetschte sich zwischen die grinsenden Gäste, die ihr schnell Platz machten; sprang dann gleich wieder auf, um Walther einen nicht vorhandenen Fussel vom

Hemd zu streichen: „Das ist dir doch hoffentlich nicht peinlich, wenn ich sowas sage? Das sind ja hier alles Aka-, Aka-, ich mein, ich hoff, du genierst dich doch nicht mit mir, oder?" Tief betrübt sank sie in einen Sessel; worauf Walther sich beeilte, ihr zu versichern, er freue sich sehr, dass sie gekommen sei, und ob sie ein Glas Wein trinken wolle. „Bier wär mir lieber", strahlte sie, gleich wieder versöhnt. Als jemand ihr ein Bierglas reichte, trank sie es in einem Zug leer; fragte Walther, ob man unter studierten Leuten denn immer nur Wein trinke; früher habe er doch so gerne mal ein Bier getrunken, und so ging es weiter, bis die Gäste sich vor Lachen nicht mehr halten konnten.

Thibaut betrachtete die Szene mit gemischten Gefühlen. Er war fasziniert von Sophies wirklich beeindruckendem Schauspieltalent, das er so noch nie erlebt hatte. Er beobachtete die Zuschauer um sich herum, die das Spiel amüsiert und völlig gebannt verfolgten. Jeder wusste, es war Sophie, die da stand; Sophie, die sich nur eine billige satinglänzende Bluse übergeworfen, die Haare hochgesteckt und sich etwas geschmacklos geschminkt hatte. Und doch war es kaum zu glauben, dass das Sophie sein sollte. Sie sah aus wie Walthers Jugendliebe, sie sprach wie Walthers Jugendliebe, sie trank sogar so. Es war der Widerspruch zwischen dem Bekannten und dem Unbekannten, der so irritierend, so reizvoll war und die Gäste zum Lachen brachte. Für die andern war es zum Brüllen komisch. Thibaut war es nicht geheuer.

Nachdem Walthers Herzensdame von ihm mit vielen Küsschen und Schmeicheleien aus der Wohnung hinauskomplimentiert war, kam Walther lachend ins Wohnzimmer und wischte sich demonstrativ erleichtert und erschöpft den Schweiß von der Stirn.

Alle waren begeistert und brachen in angeregte Gespräche aus.

Thibaut ging zur Haustür, ja, jemand hatte sie offen gelassen, damit Sophie wieder hereinschlüpfen konnte. Er setzte sich zu den anderen und wartete. Wahrscheinlich war sie im Badezimmer. Auf dem Stuhl neben ihm stand Sophies Handtasche, er fragte sich, ob sie nicht die Utensilien darin brauchen würde, um sich wieder zurückzuverwandeln. Er beschloss, ihr die Tasche zu bringen.

Aber als er an die verschlossene Türe klopfte, hörte er innen ein Flüstern und die Geräusche hektischer Bewegungen; schnell wurde es still; und als Thibaut sagte, dass er Sophie ihre Sachen geben wollte, öffnete sie die Tür nur einen Spalt. Ihr Arm griff heraus, griff nach der Tasche, verschwand gleich wieder damit, und die Tür klappte zu.

Seltsam fand es Thibaut, dass er noch in der Lage war, im Zimmer zu stehen, zu rauchen und zu trinken, ohne dass er irgendjemandem auffiel. Ein Kollege sprach ihn an, er antwortete etwas und schob sich dann an ihm vorbei, um sein Weinglas aufzufüllen. Er musste es bloß fester halten als sonst, damit er nichts verschüttete; seine Hand zitterte. Niemand hatte etwas bemerkt.

Sophie kam zurück und tauchte ein in die bewundernden Ausrufe der Gäste. Wenig später stand auch der Assistenzarzt wieder im Raum.

Doch Thibaut hatte sich getäuscht, es war nicht allen entgangen, was passiert war. Walther saß im Sessel, betrachtete Sophie, dann den Assistenzarzt und schließlich Thibaut.

Eine Woche später war er mit Walther zum Essen verabredet. Thibaut betrat das Restaurant, es war voll. Ein junges Pärchen stand ihm im Weg, er schob sich an ihnen vorbei. Walther saß schon dort und wies mit einer ausholenden Handbewegung auf den freien Stuhl ihm gegenüber.

„Was siehst du mich so an?“, fragte Thibaut.

„Kannst du dich nicht mal hinsetzen“, sagte Walther, „ohne zu schauen, ob jemand anderes vielleicht deinen Platz haben will?”

Thibaut überhörte es und griff nach der Karte.

„Meinst du, es gibt noch etwas Warmes?“

„Mensch, Thibaut, die leben hier davon, dass Leute herkommen und was essen!“

Thibaut ließ die Karte sinken.

„Sag mal, was ist denn heute los mit dir?“

Walther lehnte sich zurück und zündete sich eine Zigarette an.

„Hör mal”, sagte Walther, „Sophie...“

„Ich will nicht darüber reden“, sagte Thibaut. Und, etwas leiser: „Ich liebe sie.“

„Lieben, was heißt das denn“, fragte Walther, vorsichtiger als zuvor.

„Sie ist..."

„Thibaut, erzähl mir nichts über Sophie, ich weiß genug über sie. Du..."

„Ich liebe sie", antwortete er, beinahe störrisch. „Was soll ich tun. Mein Gefühl ..."

„Liebe ist kein Gefühl", unterbrach ihn Walther. „Liebe ist eine Entscheidung."

Und nun fuhr er ausgerechnet zu Walther, um mit ihm über Sophie zu reden. Er wusste, was Walther sagen würde: Du hast, was du immer wolltest, eine Familie. Helene, Ann. Willst du das alles aufs Spiel setzen? Thibaut war kurz davor, umzukehren. Er dachte an Ann. Wie konnte er nur daran denken, Helene zu verlassen? Ann das Gleiche anzutun wie damals Jule? Wie sollte er nicht daran denken, wenn es doch um sein Leben ging, das Einzige, das er nun einmal hatte? Zum ersten Mal in seinem Leben fühlte er sich zu alt, um ganz von vorne anzufangen. Und dennoch wollte er nur eines: zu Sophie.

„Was soll ich tun?", fragte er Walther, kaum dass er ihm gegenübersaß.

Walther antwortete nicht. Er tippte mit den Fingern auf das Buch, das vor ihm auf den Tisch lag.

„Weißt du“, sagte er, „dass Fritz Perls genauso eigensinnig gestorben ist, wie er gelebt hat? Er hatte gerade eine schwere Operation hinter sich und sollte sich noch schonen, aber er wollte gleich wieder aufstehen. Und als die Krankenschwester ihn im Bett halten wollte, wurde er wütend und rief: ‚Sagen Sie mir nicht, was ich muss!‘ Das waren seine letzten Worte, bevor er starb.“

„Er war ziemlich exzentrisch“, sagte Thibaut ungeduldig.

„Er war eigenwillig. Und sehr kreativ“, sagte Walther.

„Walther, ich bin nicht hier, um mit dir über Perls zu diskutieren. Sag mir, was ich tun soll.“

„Fahr nach Prag, wenn du unbedingt willst.“

„Aber das kann ich Helene doch nicht antun!“

„Wer bist du, dass du sie schonen musst?“ Walther griff nach seinen Zigaretten und lehnte sich mit einem schweren Ausatmen wieder zurück: „Nun hör bloß auf mit deinem Mitleid. Das hat sie gar nicht nötig. Helene ist eine bemerkenswerte Frau, weißt du das?“

Thibaut dachte an Helene. Vorsichtig, wie man nach einem Sturz die Glieder zu bewegen versucht.

„Du meinst also, dass ich es ihr sagen muss?“

„Ich? Ich werde dir bestimmt nicht sagen, was du musst. Du solltest endlich aufhören, zu denken, dass du überhaupt etwas musst.” Und, nach ein paar Zügen an seiner Zigarette, fügte er hinzu: „Aber es wäre gut, erst einmal etwas Zeit zu gewinnen. Ich würde dir raten, dich über Veranstaltungen in Prag zu informieren.“

„Wozu das denn?“

„Dann hast du einen Grund, hinzufahren.”

„Danke, Walther“, sagte Thibaut, als er ging.

„Ach was, hau schon ab“, sagte Walther und umarmte ihn herzlich. „Ausgerechnet Prag“, schimpfte er noch vor sich hin.

„Ja“, sagte Thibaut und musste plötzlich lachen. „Ausgerechnet Prag.“

Die Stadt, in der sie sich vor dreizehn Jahren getrennt hatten.

Vier Tage in Prag waren geplant. Er hatte Sophie diese Reise zum Geburtstag geschenkt. Die Fahrkarten im roten Umschlag lagen schon seit Wochen auf dem kleinen Tisch neben dem Bett. Er hatte Urlaub genommen, das Hotelzimmer reserviert, Jule sollte in dieser Zeit bei Freunden übernachten; es war alles geplant, also würden sie auch fahren.

Sie sprachen nicht über das, was geschehen war. Er ging zur Arbeit, er aß, er schlief, schwer und traumlos. Ging wieder arbeiten, reihte die Tage aneinander. Es war alles dumpf in ihm. Der Schmerz war wie ein Pflock, den jemand in sein Leben gerammt hatte; Thibaut versuchte, ihn so weit wie möglich zu umgehen, was ihm tagsüber sogar einigermaßen gelang. Nur nachts im Schlaf verkrampfte sich sein Herz manchmal so sehr, dass er davon wach wurde. Dann stand er auf, öffnete das Fenster und hielt seinen schmerzenden Kopf in die laue Nacht. Er rauchte eine Zigarette, gleich danach noch eine, legte sich wieder aufs Sofa. Dort schlief er – in den wenigen Stunden, in denen er überhaupt schlafen konnte.

Vor Jahren war er mit Tom, seinem Schulfreund, nach Prag gefahren. Damals war es ein Abenteuer gewesen, den ganzen Tag waren sie herumgelaufen, hatten den Mädchen mit ihren kniehohen Stiefeln hinterhergeschaut. Stundenlang hatten sie im „Slavia“

gesessen und die Menschen im Café und draußen auf der Moldaubrücke beobachtet.

Dorthin, ins Café Slavia, wollte er jetzt mit Sophie als Erstes; aber als sie davorstanden, war es geschlossen, und es sah nicht so aus, als ob es je wieder öffnen würde.

Es begann zu regnen.

Sie flüchteten in eine Kneipe. Der Kaffee, den sie bekamen, war lauwarm und bitter. Thibaut schob die Tasse mit dem Handrücken zur Seite und rauchte eine Zigarette.

Sophie sah ihn an. Er zwang sich, zurückzuschauen. Sein Blick tastete nur die Oberfläche ab; ihre Augen, die Lippen, die Finger, die sich an der Tasse festhielten; lauter Einzelteile, die er nicht zu einem Ganzen zusammensetzen konnte. Zum ersten Mal, seit er sie kannte, wäre er lieber alleine, ohne sie gewesen, in Prag oder sonst irgendwo, nur alleine, ohne Sophie. Wie hatte er nur mit ihr hierherfahren können!

Ihre Hand löste sich von der Kaffeetasse und lag leblos auf der Tischdecke.

Da fragte er sie, hart und unvermittelt:

„Und, wie lange ging das schon?"

„Nicht lange“, sagte sie leise, „Wirklich. Thibaut, ich weiß nicht, warum ich...“

„Ja, schade, dass du es nicht weißt“, sagte er mit beißendem Spott, „ich weiß es nämlich auch nicht.“

Sie zog ihre Hand zurück.

„Ich war so allein... Es ist – es war nicht wichtig. Glaub mir, er bedeutet mir nichts.”

„Das glaube ich dir sogar”, unterbrach er sie, „aber das hilft mir nicht. Das macht es doch umso schlimmer, begreifst du das denn nicht?“

„Thibaut”, sagte sie, ihre Hand näherte sich wieder, hätte seine beinahe berührt, „bitte, lass uns von vorne anfangen.“

Von vorne. Er war so müde. Sie würde sich doch nie halten lassen. Nie war es genug gewesen, was er ihr hatte geben können, sie war immer nur bei ihm geblieben, um wieder zu Kräften zu kommen, sie würde immer wieder davonfliegen, sobald ihre Flugfedern nachgewachsen waren.

Sophie redete, erklärte, hatte Tränen in den Augen, er hörte nicht mehr, was sie sagte.

Er stand auf; Sophies Hand wollte ihn zurückhalten; doch er nahm seine Tasche über die Schulter, stürzte aus der Kneipe, rannte und rannte, bis er wieder am Bahnhof war.

Er hatte damals eine kleine möblierte Wohnung gefunden, hatte sich vier Wochen krankschreiben lassen und von Walther ein Beruhigungsmittel bekommen.

Der Assistenzarzt hatte gekündigt und war schon nicht mehr da, als Thibaut wieder in die Klinik kam. Er sah ihn nie wieder. Gleich an dem Abend auf dem Fest hätte Thibaut ihm seine schönen gleichmäßigen Zähne ausschlagen sollen. Aber er hatte Walther nicht den Abschied verderben wollen. Und danach war es wieder einmal zu spät gewesen.

Von Zeit zu Zeit rief Sophie an: Jule vermisse ihn.

Sie trafen sich auf dem Spielplatz. Dort saßen sie nebeneinander auf der Bank und sahen schweigend zu, wie Jule spielte, ab und zu herüberkam und wieder zum Spielen lief.

Sie stürzt aus nicht mal großer Höhe.

Reflexartig springt Sophie auf, ist gleich bei ihr; kurz scheint es wie immer: das Kind trösten, es wieder losschicken zur Schaukel, zur Rutsche; doch Jule sitzt und weint, die Nase blutiggeschürft, ein ganz leichter Knick überm Handgelenk.

Sie warten in der Apotheke gegenüber, bis der Krankenwagen kommt. Im Wageninnern dann der gedämpfte Ton der Sirene, das Wimmern des Kindes bei jeder Erschütterung.

Plötzlich sind sie in einer anderen Welt, man schickt sie durch Gänge, an Rollstühlen und Betten vorbei; sie werden in ein Zimmer geschickt. Warten.

Ein Arzt kommt herein, klappt ein riesiges Medikamentenverzeichnis auf und sucht etwas darin; dann verschwindet er wieder. „Ich muss aufs Klo", sagt Jule, „Ich auch", antwortet Sophie. „Wir dürfen hier nicht weggehen", sagt Thibaut. Jules Schmerzen werden stärker; „Mach, dass mir jemand hilft", jammert sie, und Thibaut versucht jemanden anzusprechen im Flur. „Schauen Sie sich doch mal um, Sie sind nicht die Einzigen, Sie müssen warten", herrscht ihn eine Schwester an.

Jule hat Durst und Schmerzen. Plötzlich muss Sophie lachen: „Wenn man an das Tempo denkt", sagt sie, „mit dem wir hergebracht wurden..."

Endlich jemand im weißen Kittel, er fragt nach Name, Adresse, Krankenkasse, Einwilligung in irgendetwas; „Nein, ich bin nicht der Vater", sagt Thibaut. Sophie unterschreibt. Dann ist der Arzt wieder weg. Es kommt ein anderer. Wo tut es weh? Mittlerweile überall, Jule kann die Stelle nicht mehr zeigen. Röntgen.

Sie darf auf Thibauts Schoß sitzen, damit sie den Arm auf die Platte legen kann. Er versucht, mit der Bleischürze so viel wie möglich abzudecken und hält Jules Hand so, wie der Arzt es ihm zeigt. Danach werden sie in einen Raum voll mit Wartenden geschickt; nicht fragen wozu, wie lange. Einfach warten. Die Frau neben Sophie wartet auf ihr Kind, dem man eine Platzwunde auf der Stirn vernäht.

Der Mann daneben, voller Prellungen, gestürzt beim Angeln. „Ich habe niemanden", sagt er zu der Frau mit dem Platzwundenkind, „ich hab erst vor fünf Tagen meine Frau zu Grabe getragen." Thibaut sieht ihn vor sich, alleine, seine tote Frau auf den Armen, durch eine einsame Landschaft stolpern.

Die Alte gegenüber im Rollstuhl murmelt Unverständliches. Thibaut hat aufgegeben, etwas zu wollen. Sophie schweigt. Jule ist ruhiger geworden; manche sprechen das Kind an: „Wie tapfer du bist."

Dann geht es schnell. Gebrochen, Gips, nichts Unerwartetes. Der Arzt zeigt Sophie und Thibaut die Stelle auf dem Röntgenbild. Man sieht die kleinen Knöchel der Kinderhand, Thibauts größere Fingerknochen quer dazu, ein schönes Bild. Ein ewiges Bild.

„Wie Butter, die Knochen in diesem Alter", sagt der Arzt. Dann stehen sie wieder draußen auf der Straße, Jule hat Durst und Hunger und den Arm in der Schlinge.

„Und wie kommen wir jetzt nach Hause?", fragt sie.

„Das schaffen wir schon, Jule", sagt Thibaut.

Einen Moment lang hatte er vergessen, dass sie nicht mehr zusammen nach Hause gehen würden. Dass es nicht mehr sein Zuhause war.

Sein Herz krampfte sich zusammen.

„Kommst du noch mit?", fragte Sophie.

„Ich kann nicht", sagte Thibaut. „Es tut mir leid, ich kann das nicht mehr."

Und so hatte Sophie ihm Jule nur noch an den Sonntagen gebracht und sie ein paar Stunden später wieder abgeholt. Sophies Lippen zitterten, wenn sie ihn begrüßte, doch ihre Augen blieben meist hinter der großen schwarzen Sonnenbrille verborgen.

Jule wollte ein Eis und bekam ein Eis. Jule wollte in den Zoo und er ging mit ihr in den Zoo. Ein kleiner König Pyrrhus, dachte Thibaut, der einen bitteren Sieg davonträgt in den Schlachten der Erwachsenen.

„Tut der Arm noch weh?", fragte Thibaut.

„Nö", sagte Jule. „Was machen wir heute?"

„Worauf hast du Lust? Gehen wir ins Kino?"

Sie sahen einen Trickfilm. Eine lieblos erzählte Story. Thibaut vertrieb sich die Zeit mit bissigen Gedanken, während Jule, vom Film gefesselt, auf ihrem Platz hin und herrutschte.

Willie Wiesel, Günther Gans, immer diese ewigen Alliterationen. Die Hauptfigur: der kleine Hanni Hoppel, ein trauriger, mutloser Hase; bis gegen Ende des Filmes – natürlich – seine wahre Größe offenbart wurde. Immer die gleichen, phantasielosen Geschichten, dachte Thibaut. Doch als die Handlung ihrem

Höhepunkt entgegensteuerte, die Musik sentimental wurde und das kleine verdammte Tier unter dem Jubel seiner Freunde gefeiert und umarmt wurde, schossen Thibaut die Tränen in die Augen. Er wusste nicht, ob die verbleibenden Filmminuten reichen würden, um sich wieder einzukriegen. Er war umgeben von Großeltern mit ihren Enkeln, Sonntagsvätern mit ihren Kindern, und er wusste nicht, wie er mit Jule aus dem Kinosaal kommen sollte, ohne dass jemand sein verheultes Gesicht beim Hinausgehen bemerken würde. Er kannte diese beschämende Rührung und das heimliche Augenwischen von anderen Filmen in der letzten Zeit. Allerdings war ihm das bisher noch nicht beim Kinderprogramm passiert.

Wenn er schon Sophie nicht helfen konnte, so hatte er doch wenigstens für Jule da sein wollen. Aber er begann zu ahnen, dass er auch das nicht schaffen würde.

8

Thibaut stand mit Mantel und Koffer im Flur. Ann schlief noch. Er ging noch einmal ins Kinderzimmer, beugte sich über sie, strich mit einem Finger durch ihre hellen im Nacken feucht verschwitzten Haare und küsste sie auf die warme Stirn. Ein leichtes Lächeln, sie schnaufte, drückte das Gesicht ins Kissen und lag wieder still.

Das Taxi würde gleich da sein.

Helene fragte zum Abschied leise, den Mund an seinem Ohr: „Kommst du auch wieder?"

Er wollte schon lachend eine beschwichtigende Antwort geben, doch er spürte den Ernst in ihrer Stimme, die Anspannung ihres Körpers. Vielleicht war es doch nicht so leicht, ihr etwas vorzumachen.

„Ja", sagte er und hielt sie fest dabei, „ja, natürlich."

Diesen Moment, wenn das Flugzeug so beschleunigt, dass es ihn völlig in den Sitz zieht, wenn die Räder die Bodenhaftung verlieren, die Maschine kurz schwankt und sich dann in den Himmel stürzt, diesen Moment liebte Thibaut. Doch diesmal konnte er es nicht genießen. Der Sitzplatz war unbequem und zu eng; er hätte seinen Arm auf die Lehne stützen wollen, auf der aber schon der Ellenbogen des Nachbarn war. Thibaut wurde immer unruhiger, bis die Flughöhe endlich erreicht war.

Der Mann auf dem Platz neben ihm gab die Lehne frei, griff nach einer Zeitschrift und rutschte zum Lesen ein wenig zur Seite.

Thibaut schob die Füße am Boden entlang nach vorne, versuchte durchzuatmen und schloss die Augen.

„Wenn wir uns treffen, dann in Prag", hatte Sophie am Telefon gesagt.

Er hatte gelesen, dass das Café Slavia inzwischen renoviert und neu eröffnet war. Er freute sich darauf und ging gleich vom Hotel aus hin.

Thibaut trat ein; Paare, Touristen, Rentner; Klaviermusik floss leicht und lebendig dahin. Ein roter Teppich führte ihn längs durch den Raum, der sich am Ende zur Seite hin weitete; dort blieb Thibaut stehen.

Von hier aus sah man es. Es war noch da, das große Gemälde, das er kannte und liebte; bei seinem ersten Besuch in Prag, noch vor seiner Zeit mit Sophie, hatte er es hier gesehen: der Absinthtrinker.

Ein Trinker, allein in einem leeren Lokal, sitzt an einem runden Tisch, der viel zu groß ist für einen einzelnen Gast. Der Mann hat den Kopf in beide Hände gestützt. Eine schöne hüllenlose Frau sitzt auf der Kante seines Tisches, wie eine Vision; durchscheinend und doch tiefgrün wie das Glas einer Flasche. Am Rande des Bildes steht ein Kellner im Frack, er scheint darauf zu warten, dass sein letzter Gast endlich zahlt und geht.

Thibaut suchte sich einen Platz in der Nähe des Bildes und bestellte sich einen Kaffee. Jetzt konnte er sie in Ruhe betrachten, die flaschengrüne Frau. Ihre weichen Gesichtszüge, ihre vollen Lippen, ihren offenen sehnsuchtsvollen Blick, der auf dem Absinthtrinker ruhte. Diese schön geschwungene Linie vom Nacken den Rücken entlang bis zum Oberschenkel, der im Nichts endete. Die Frau war dem Absinthtrinker ganz zugewandt; so nah und doch getrennt von ihm; und obwohl er zu ihr aufblickte, schien er sie nicht zu sehen, nicht zu spüren. Seine müden, rotgeränderten Augen starrten durch sie hindurch, ins Leere. Ihr Flaschengrün spiegelte sich im Glas des Trinkers, das vor ihm auf einem silbernen Tablett stand. War diese Frau nur ein Traum? War sie seinem Absinthglas entstiegen?

Der Gedanke an Sophie durchflutete Thibaut; Sophie, die am nächsten Tag ankommen wollte, er mit ihr hier in Prag; er griff nach seiner Kaffeetasse und trank in schnellen kleinen Zügen.

Dann schaute er wieder auf das Bild.

Sein Blick fiel auf den alten Kellner im Frack, der hinter einer der Säulen zwischen den leeren Tischen stand, ein weißes Tuch in der rechten, die linke Hand in der Hosentasche. Sah denn der Kellner die flaschengrüne Frau? Seine Beine in den Anzugshosen wirkten so dünn und schwach, als könne er sich kaum noch aufrecht halten. Doch in dem alten Gesicht des Kellners sah Thibaut plötzlich etwas ganz anderes. Er sah den erstaunten Ausdruck eines Jungen, der zum ersten Mal eine Frau beobachtet, heimlich, durch ein Schlüsselloch. Das Gesicht eines Jungen, der zum ersten Mal in seinem Leben verzaubert ist vom Anblick einer schönen Frau. Jetzt wirkte auch sein Körper jungenhaft, gespannt; bereit, auszuharren; bereit, zu fliehen.

Thibaut dachte an Walther. Ob es in Walthers Leben jemals eine flaschengrüne Frau gegeben hatte? Er wusste es nicht. Warum hatte er ihn nie danach gefragt?

Er trank seinen Kaffee aus und stellte die Tasse ab, heftiger als beabsichtigt. Nein, der Kellner auf dem Bild war alt und müde, sicher wollte er bloß das Glas seines letzten Gastes ausspülen und endlich nach Hause gehen. Und dann der Trinker und diese Frau, die ihm so nah ist, und die er doch nicht sehen, nicht spüren kann – das Bild war eine einzige Sehnsucht, eine einzige verpasste Gelegenheit, eine einzige Unmöglichkeit. Lange saß Thibaut davor, so lange, bis ihm die Tränen in den Augen standen.

Mit Mühe löste er sich von dem Gemälde, zahlte und ging.

„Liebe ist eine Entscheidung", hatte Walther damals an dem Abend im Restaurant gesagt.

Und später, nach dem Essen:

„Ist denn nicht jede neue Liebe immer nur ein Spiegel unserer alten Erfahrungen? Suchen wir nicht in jeder Frau immer nur die erste Frau unseres Lebens?"

„Wenn es so wäre", hatte Thibaut geantwortet, „dann wäre ja alles vorgegeben. Worin liegt dann noch die Freiheit?"

„Die Freiheit liegt nicht darin, zu entscheiden, was du fühlst, sondern darin, was du damit tust."

Nach einer Weile sagte Thibaut: „Die erste Frau in meinem Leben war Mémé."

„Naja", sagte Walther, „die erste Frau in deinem Leben war wohl deine Mutter."

„Meine Mutter ist gegangen, als ich noch ein Kind war."

„Erinnerst du dich noch an sie?"

„Nein", sagte Thibaut.

Er erinnerte sich nur daran, dass Mémé eines Tages Filzstifte und Papier gekauft hatte, weil er seiner Mama einen Brief schreiben sollte. Er sah sich noch dort sitzen, am Küchentisch, wie er malt, seinen eigenen Namen, jeden Buchstaben in einer anderen Farbe. Dann schreibt er „Maman", doch die Bögen gelingen ihm nicht so, wie er sie sich vorgestellt hat. Das Blatt war viel schöner, bevor er es beschrieben hatte, weiß und sauber, jetzt hat es einen Knick am unteren Rand. Er biegt das Papier zurecht, will es wieder glatt streichen. Seine bemalten Finger hinterlassen einen Farbfleck. Er beginnt zu weinen. „Das macht doch nichts", will Mémé ihn trösten, „das hast du schön gemacht. Schreib doch noch was." Doch Thibaut weiß nicht, was er schreiben soll. Es wird seiner Mama bestimmt nicht gefallen.

Sie hat ohnehin nie zurückgeschrieben.

Walther lehnte sich zurück und rauchte eine Zigarette. Trank seinen Wein. Wenig später rauchte er die nächste; Thibaut schwieg noch immer.

Schließlich sagte er: „Walther, ich geh zu Fuß nach Hause."

„Klar", sagte Walther, „hau ab, ich zahle."

Die Begegnungen mit Sophie und Jule waren immer seltener geworden. Thibaut war allein gewesen wie nie zuvor in seinem Leben.

Dann brach sein alter Renault endgültig zusammen. Alles bricht zusammen, dachte er, mit einer Bitterkeit, die ihm beinahe gut tat. Er hatte Tom besuchen wollen.

Nun gut, würde er eben mit dem Zug fahren. Für ein neues Auto hatte er nicht genug Geld.

Im Zug saß ihm eine junge Mutter mit einem blonden Mädchen gegenüber. Das Kind war aufgeregt und ganz damit beschäftigt, die Fahrkarte in beiden Händen festzuhalten, um sie endlich vorzeigen zu können. Es nuschelte an seinem Schnuller vorbei: „Mama, wann kommt der Schaffner?"

Eine andere Frau kam durch den Gang, um den kleinen Jungen einzufangen, der vor ihr lief, sie packte ihn, schüttelte ihn und zeigte auf das Mädchen mit der Fahrkarte: „Siehst du", sagte sie, „das Kind sitzt ganz brav da, nicht so wie du!"

Sophie hätte nie so mit Jule geredet, dachte Thibaut.

Alles erinnerte ihn an die beiden. Als er in den Zug gestiegen war, hatte er gehofft, sich mit diesem Ausflug eine Zeit lang ablenken zu können. Doch es hörte einfach nicht auf. Überall war Sophie. Auf dem Weg zum Bahnhof war er am Park vorbeigekommen, dort lief sie barfuß über die Wiese, mit Jule auf dem Arm. An diesem Brunnen hatten sie einmal zu dritt gesessen, nach einem langen sonnigen Tag. Sie hatten sich gegenseitig geneckt, schließlich hatte Sophie sich auf ihn gestürzt, ihn in den Brunnen gestupst; Jules begeisterter Aufschrei dabei; er hatte Sophie mit ins Wasser gezogen und sie hatten zusammen Tränen gelacht.

Er griff nach seinem Geldbeutel, dabei fiel ihm auf, dass er den Zettel mit Toms neuer Adresse und Telefonnummer in der Wohnung auf dem Tisch hatte liegen lassen.

Er würde Tom nicht erreichen können. Diese Fahrt war vollkommen sinnlos, wie alles.

Als die Frau mit dem Jungen weitergegangen war, sagte die Frau gegenüber zu ihrem Kind:

„Die hat bestimmt gedacht, dass du noch ein Baby bist, weil du noch einen Schnuller hast. Der Junge war viel kleiner als du und hatte gar keinen Schnuller."

Thibaut sah die Felder und Häuser draußen vorbeifliegen; er saß da und hasste die Menschen. Alle.

Mit dem nächsten Zug fuhr er zurück und rief Tom an, um ihm zu sagen, dass er nicht kommen würde. Er zog die Vorhänge zu, legte sich aufs Bett und schaltete den Fernseher ein. Er zappte durch die Kanäle, schaute die Nachrichten, dann einen Western, danach einen

Krimi. Spät in der Nacht schaltete er wieder um, sah eine nackte Frau mit blondem Pferdeschwanz, sie glitt gerade an einem muskulösen Mann herab. Eine sentimentale Musik im Hintergrund; die Frau nahm ihre Brüste in beide Hände, öffnete ihren Mund und ließ ihre Zunge am Bauch des Mannes nach unten wandern, ihre Lider waren halb geschlossen dabei. Thibaut ekelte sich beinahe vor diesem Gesicht, konnte sich aber nicht aufraffen, abzuschalten.

Der Mann zog die Frau an ihrem Pferdeschwanz nach oben, schob sie an einen bereitstehenden Tisch; sie legte sich darüber und spreizte ihre Beine, damit er sie von hinten nehmen konnte. Mit beiden Händen hielt sich der Mann an der Tischplatte fest. Er rammelt, dachte Thibaut, ohne die Frau dabei anzufassen; dieser Anblick war so deprimierend und trostlos, dass Thibaut endlich auf die Fernbedienung drückte. Im Zimmer wurde es dunkel und dröhnend still. Sein Geschlecht hatte dennoch darauf reagiert, er öffnete seine Hose. Er wollte die grellen Bilder vergessen, die ihn so unfreiwillig erregt hatten, und auch an Sophie wollte er jetzt nicht denken. Seine Bewegungen waren verkrampft und verzweifelt; sein Zucken wurde mehr und mehr zu einem Schluchzen, er kam, und er weinte, endlich weinte er.

9

Thibaut war über die Moldaubrücke bis zum Fuße des Petřín gelaufen, in Gedanken versunken, ohne wirklich etwas zu sehen. Hier stieg der Weg zum Park langsam an. Er schob das raschelnde Laub mit den Füßen vor sich her. Das Gras an den Hängen war noch grün, die gelbbraunen Blätter der Bäume leuchteten in der Sonne.

Breite Steinstufen führten ihn an einer bronzenen in den Boden eingelassenen Linie entlang. Er war dieser Linie schon ein paar Schritte gefolgt, ohne sich dessen bewusst zu werden. Erst jetzt, als er dicht vor einer Bronzefigur stand, sah er, dass die breiten hellen Stufen, zu denen er sich noch einmal umdrehte, bereits zu der Skulptur gehörten. Er betrachtete die Zahlen und die tschechischen Worte auf der Tafel neben sich. Anscheinend war es ein Denkmal für die Opfer des kommunistischen Regimes. Thibaut sah wieder zu der Figur. Es war ein nackter Mann, der dort stand, sein Körper war mager und entkräftet, nach vorne gekippt. Die Hände hatte er schwach angehoben, ins Leere gestreckt; eine bittende und dennoch hoffnungslose Gebärde.

Thibaut ging nahe zu ihm hin und sah ihn an.

Die Gestalt des Mannes wiederholte sich nach oben hin auf den nächsten Stufen, die vor den Hecken und Bäumen endeten, es war immer der gleiche Mann, doch in jeder weiteren Version etwas zerstörter als in der vorhergehenden. Thibaut ging von einer Figur zur nächsten: Bei der zweiten verlief ein Riss durch den Schädel, durch ein Auge, und von der Schulter bis zum Bauch. Bei der dritten fehlte bereits ein Arm, und danach der Kopf, bei der nächsten waren Arme und Beine wie zerfressen, bis schließlich, bei der letzten Figur, nur noch ein rechter Fuß und ein linkes Stück Bein bis zum Unterschenkel übrig waren.

Nachdenklich berührte er den Beinstumpf, dann ging er langsam zurück, stellte sich wieder vor die erste, noch vollständige Figur des Mannes aus Bronze, der etwas größer war als er selbst. Thibaut schaute hoch, er suchte den Blick dieses gequälten Menschen. Es war ein leerer Blick, dem er, wie er auch stand, nicht begegnen konnte. Er griff sogar nach der kalten bronzenen Hand.

Plötzlich hörte er helle Stimmen, unverständliche Worte und ein Lachen hinter sich; eine Gruppe junger japanischer Touristen näherte sich, mit Kameras, Bauchtaschen, Sonnenbrillen. Er trat ein paar Schritte zurück, wollte nicht zusehen, wie sie die Bronzegestalt umarmten und einander dabei fotografierten. Er spürte eine absurde Eifersucht, als hätten diese Fremden kein Recht darauf, sich hier aufzuhalten, als wären sie in ein Gebiet eingedrungen, das ihm gehörte. Thibaut stand etwas abseits, kam sich beinahe kindisch vor, und wollte trotzdem warten, bis sie wieder gehen und ihn mit dem bronzenen Mann alleine lassen würden.

Als sie endlich verschwanden, kam aus der Richtung, in die sie liefen, ein junges Paar. Sie blieben vor dem Mahnmal stehen. Auch diese blonde Frau stellte sich neben den bronzenen Mann, wie die Japaner zuvor. Sie posierte und griff dabei lachend nach dem Penis des Nackten, so ungeniert, wie nach der Haltestange in einem schaukelnden Bus. Thibaut war empört. Sie lachte für das Foto, das ihr Begleiter in diesem Augenblick schoss. Thibaut sah den nach hinten geneigten Kopf, ihren großen roten Mund, ihre kokettierende Haltung, und erschrak.

Er erstarrte. Plötzlich war es Sophie, die dort stand; Sophie, die lachte; Sophie, die schamlos und, ohne hinzusehen, den Penis des bronzenen Mannes festhielt.

Unsinn, dachte er, Sophie wird erst morgen in Prag ankommen.

Die Frau wechselte ein paar Worte auf Englisch mit ihrem Partner, dann schlenderten sie weiter, Arm in Arm. Thibaut sah ihnen nach.

Er ging ein paar Schritte und setzte sich auf die nächste Parkbank. Mit einem Mal hatte er überhaupt keine Lust mehr, Sophie zu treffen. Er stellte sich vor, wie es wäre, sie zu versetzen; sie am Flughafen, wo er sie am nächsten Tag abholen sollte, einfach warten zu lassen. Wieder war er völlig unsicher, was er tun sollte.

Er musste sich erst klar machen, dass es nicht Sophie war, die er soeben gesehen hatte. Es war irgendeine Touristin gewesen.

Sein altes Spiel fiel ihm ein, seine Idee, von jedem Menschen das eine, entscheidende Foto zu finden. Bei den meisten, die er nahe genug kannte, war es leicht, sich für ein Bild zu entscheiden. Doch bei Sophie war es ihm unmöglich, bei ihr verwirrte ihn die Vielzahl der völlig verschiedenen Bilder; jedes echt, jedes dem vorhergehenden widersprechend, jedes gleichberechtigt neben dem anderen. Und als hätte er nicht genug eigene Bilder im Kopf, hatte die junge Frau vor dem Denkmal eines hinzugefügt, das es in Wirklichkeit gar nicht gab: Sophie, die in die Kamera lacht und, ohne zu zögern, nach dem Geschlecht des Mannes greift.

Doch es war ja gar nicht Sophie gewesen. Und woher sollte er wissen, wie sie heute war, wie sie wirklich war, wenn er ihr nicht begegnete?

Er ging zurück zu der bronzenen Linie auf dem Boden. Sie erinnerte ihn an das Bild der Lebenslinien, das er sich vor Kurzem vorgestellt hatte. Doch es gefiel ihm nicht mehr, dieses Bild, es verwirrte ihn. Es ist ja nicht so, dass man immer eine Spur vor sich sieht, der man folgen könnte, dachte er jetzt, wo er vor der Skulptur dieses nackten misshandelten Menschen stand. Man geht immer weiter, und bestenfalls kann man eine eigene Spur erkennen, wenn man sich umdreht und zurückschaut auf den Weg, den man da gegangen ist.

Inzwischen hatte sich eine Gruppe von Schülern um die einzelnen Figuren des Denkmals verteilt, auch sie lachten und schossen ihre Fotos.

Es ist ein Suchen, sich-vorwärts-Tasten, dachte Thibaut, wenn man nicht gerade von etwas erfüllt ist; zum Beispiel davon, die Vision einer Frau zu lieben – oder einen Arm in den Himmel zu heben, bis er abstirbt.

Die Schüler zogen allmählich ab.

Er ging zur dritten Figur, legte seine Hand über die klaffende Öffnung des Brustkorbes, durch den die Jungen einander eben noch zugewinkt hatten.

Dieser bronzene Mann, dachte Thibaut, das war ein Mensch gewesen, der seiner eigenen Linie gefolgt ist. Sicher hat er sie deutlich gespürt, und man hat ihn gefoltert, vernichtet dafür. Wie kann er so stark, so sicher und gleichzeitig so wehrlos sein? Nicht einmal heute, als Denkmal, kann man ihn davor schützen, gedemütigt zu werden; er muss es über sich ergehen lassen.

Und dennoch war da etwas, was Thibaut bei ihm Halt suchen, nach seiner Hand greifen ließ. Sie war groß und kühl, in ihr fühlte sich seine eigene wie die eines Kindes an.

Wie schön wäre es, diese Gewissheit zu haben. Der eigenen Linie so vertrauen zu können. Wie schön wäre es aber auch – Thibaut musste bei diesem Gedanken über sich selbst lachen – wie schön wäre es aber auch, jemanden zu haben, der ihm sagen würde, was er tun sollte.

Er dachte an Helene. Als er sie zum ersten Mal zum Essen eingeladen hatte, hatte er ihr gegenübergesessen, die Ellenbogen auf den Tisch gestützt; hatte, während er redete, mit den Fingern ihre Schulter berührt, nur kurz, so wie man zögernd an eine Zimmertür klopft.

Eine Zigarette nach der anderen hatte er geraucht, bis seine Kehle brannte. Er hatte versucht, sich heiter zu zeigen, und doch an ihrem Blick erkannt, wie er aussehen musste.

Sie hatte ihn mit zu sich nach Hause genommen. Dort, noch im Eingang umarmte er sie. Es tat ihm gut, sie zu spüren, die Wärme ihrer Haut, ihren Körper; doch dann fiel die kurze Freude so plötzlich von ihm ab, wie sie gekommen war. Er ließ sie los.

„Tut mir leid", sagte er.

„Ist schon in Ordnung", sagte Helene. „Mach dir bloß keinen Stress. Du kannst auf dem Sofa schlafen."

Als er wach wurde, war sie schon angezogen; sie kam aus der Küche und lächelte ihn an. Sie zog einen Stuhl heran und stellte eine Tasse Kaffee für ihn darauf. Sie schien zu spüren, wie gut ihm diese kleine Aufmerksamkeit tat, und wirkte beinahe betroffen. Thibaut war es nicht entgangen. Es hatte ihn erreicht und beschäftigte ihn noch, als er sich von ihr verabschiedet hatte.

Helene hatte immer sehr schnell bemerkt, was mit ihm los war. Natürlich hatte sie auch gespürt, dass seine Reise nach Prag irgendeine Veränderung bedeutete. Und doch hatte sie ihn einfach gehen lassen, ohne zu fragen, ohne ihn zu Antworten zu drängen, die er noch nicht hatte. Als er jetzt darüber nachdachte, durchströmte ihn eine Dankbarkeit und Liebe für sie, die in der letzten Zeit wie verschüttet gewesen war. Am liebsten hätte er sie angerufen, mit ihr gesprochen, ihr alles erzählt. Doch er ahnte, es war noch zu früh, er musste selbst herausfinden, was er tun sollte. Er beschloss, einfach weiter, vorwärts zu gehen, Schritt für Schritt, jetzt einfach erst einmal durch Prag zu laufen, und zu schauen, was ihm begegnete. Er würde schon herausfinden, was er tun sollte.

Er wusste erst, dass er Sophie begegnen wollte und begegnen würde, als er den kleinen Engel in der Nähe des Náměstí Rěpubliky gefunden hatte.

10

Er stand zwischen Wachsblumen, roten Kaffeetassen mit weißen Tupfen und geschliffenen Weinkelchen mit langen Stielen aus farbigem Glas. Er war klein und rundlich, hatte kurzes gelocktes Haar und schöne aufgefächerte Flügel. Er hockte auf seinem nackten Po, den linken Fuß über den rechten Zehen, die Beine vor die Brust gezogen, die Ellenbogen auf seinen Knien. Und hinter den Händen versteckte er sein Gesicht.

Thibaut hatte ein Stück mit der Straßenbahn fahren wollen; während des Wartens hatte er das Schaufenster des Trödelladens besehen. Doch als die Tram sich geräuschvoll näherte, drehte er sich nicht nach ihr um; er blieb stehen, obwohl er wusste, dass die Bahnen jetzt, gegen Abend, nicht mehr oft fahren würden. Er betrachtete noch immer diesen Engel. Er wusste nicht recht, warum, doch er wusste, dass er ihn haben wollte.

Der Laden war geschlossen, der nächste Tag war ein Sonntag und am Montag früh würde Thibaut schon wieder im Flugzeug sitzen. Er sah sich um. Er musste es irgendwie versuchen.

Auf der anderen Straßenseite, auf einer Wartebank, saß ein junger Mann mit einem Mädchen auf dem Schoß; sie küssten sich, so unaufgeregt, wie Schimpansen sich lausen, und ebenso gründlich. Zwischendurch zogen sie nacheinander an der Zigarette, die das Mädchen zwischen den Fingern hielt. Thibaut zögerte kurz, dann ging er hinüber.

„Excuse me", sagte er, und, als sie ihm zuhörten und ihn offensichtlich verstanden, erklärte er seine Bitte auf Englisch. Das Mädchen stand auf, warf die Zigarette zu Boden und trat sie aus, sie ging mit Thibaut über die Straße zu dem Laden und griff nach dem Handy, das er ihr entgegenhielt.

Thibaut zeigte ihr die Nummer, die zusammen mit einem Namen von innen über der Türklinke des Ladens klebte. Sie tippte, zügig und routiniert, nur mit ihrem langen rot lackierten Daumennagel. Dann wandte sie sich zur Seite, sie sprach in schnellem Tschechisch, mit fragendem Ton und drückte den Zeigefinger auf das freie Ohr, um besser hören zu können.

Eine kurze Pause, in der sie zu Thibaut schaute und zu ihrem Freund, der auf der anderen Straßenseite auf der Bank sitzen geblieben war. Sie nickte, ihre Worte wiederholten sich, dehnten sich aus; sie lachte und gab Thibaut das Handy zurück: „He´ll be here in ten minutes."

Und wirklich, der Mann kam kurz darauf, in einem weißen Mercedes; er parkte direkt vor dem Haus. Er hatte stoppelkurze Haare und trug ein Hemd in zartem Rosa. Er lächelte freundlich und vorsichtig, als er den Laden aufschloss, wahrscheinlich hielt er Thibaut für ein wenig verrückt. Den Engel wickelte er in braunes Packpapier. „Děkuji", sagte Thibaut immer wieder, „Danke", das war das einzige Wort, das er auf Tschechisch konnte. Die Glöckchen über der Ladentür bimmelten, als er ging. Kaum auf der Straße, wickelte er den Engel gleich wieder aus.

Nein, er würde Sophie nicht abholen. Er rief sie an, nannte ihr sein Hotel und das Zimmer, in dem er am nächsten Tag auf sie warten wollte. Mit dem Engel unterm Mantel ging er weiter, glücklich auch ohne zu wissen, wohin.

Später saß er im Hotelzimmer auf der Bettkante, drehte den Engel von einer Seite zur anderen und betrachtete das halb verborgene Gesicht. Die Augen und Wangen waren von den Handflächen verdeckt, nur der Mund darunter war ganz zu sehen. Ein Mundwinkel war leicht nach oben, der andere leicht nach unten gezogen; und je nachdem, wie das Licht auf ihn fiel, schien dieser Mund zu lachen oder zu weinen. Durch die Finger der linken Hand, durch einen winzigen Spalt zwischen Ring- und Mittelfinger blickte der Engel, und durch diesen Spalt schien er zu schauen, ob jemand ihn sah.

Ein Wesen, dachte Thibaut, das gesehen und gleichzeitig nicht gesehen werden will.

Und nun wurde auch das zu einem der vielen Bilder von Sophie. Er erinnerte sich daran, wie Sophie damals, in ihren letzten gemeinsamen Tagen, ausgesehen hatte: mit zitternden Lippen, die Augen hinter der großen schwarzen Brille versteckt. So wie der Engel, der sein Gesicht in den Handflächen birgt und dennoch zwischen den Fingern herausschaut. Der sich versteckt und sich dennoch so offensichtlich danach sehnt, dass man ihn sehen möge. In all seiner Hoffnung und in all seiner Angst, erkannt zu werden.

Kurz bevor Sophie ankommen sollte, stand Thibaut am Fenster seines Hotelzimmers und sah auf die Straße.

Das kleine rote Auto hatte er mitgebracht, das alte Spielauto, das sie ihm vor so vielen Jahren geschenkt hatte. Er wollte sie damit überraschen und es ihr zurückschenken; er stellte es auf den Nachttisch neben sich. Die rote Lackschicht war glatt und kühl; Thibaut ließ die Hand darauf liegen und sah wieder aus dem Fenster hinaus.

Ein Taxi kam. Es hielt vor dem Hotel. Jetzt sah Thibaut nicht mehr hin, er schaute zu dem Spielzeug unter seinen Fingerspitzen und bewegte es leicht. Sein Herz schlug heftig. Das Auto rollte über die Marmorplatte des Tisches. Die Gummireifen saßen nicht mehr fest auf den angerosteten Felgen, das Vorderrad eierte; es quietschte leise und bewegte sich im Vorwärtsfahren auf und ab. Sophie würde gleich die Treppe hochkommen. Sie würde gleich anklopfen.

Dann war sie da.

11

Der Moment, in dem Sophie anklopft, Thibaut die Tür öffnet und sie anschaut – das ist der Moment, in dem er kurz spürt, dass das, was er sieht, nicht ganz mit dem übereinstimmt, was er kennt. Er kennt Sophie, und er kennt sie so, wie sie jetzt aussieht, auch wieder nicht.

Es passiert viel zu schnell: Zunächst sieht er eine Unbekannte, die vor ihm steht. Sie erinnert ihn an die Frau, die ihm einmal vertraut war. Dann sieht er Sophie, die ihm damals vertraut war und gleich wieder vertraut ist. Und schließlich sieht er das Fremde, das Unbekannte an dieser vertrauten Frau. Es ist nur ein kurzer Moment, in dem beide Bilder, das alte, vertraute, und das neue, unbekannte, nebeneinanderstehen, bevor sie sich übereinanderschieben und das alte mit dem neuen verschmilzt, zu einem Ganzen wird.

Das alles passiert viel zu schnell, als dass es ihm in diesem Moment wirklich bewusst werden könnte. Zumal er gleichzeitig noch überlegen muss, was er sagen, was er tun soll.

„Mein Gepäck steht noch unten an der Rezeption", sagte sie.

„Musst du heute Abend noch zum Theater?"

„Es reicht, wenn ich morgen früh zur Probe da bin."

Sie war unerwartet, fast unpassend elegant gekleidet, er hatte sie noch nie so gesehen. Sie trug einen Seidenschal mit bunten Blumen, einen langen hellgrauen Mantel und darunter einen schwarzen Pullover. Unverändert fand er ihre blonden hochgesteckten Haare, von denen sich wie früher einzelne Strähnen gelöst hatten und ihr ins Gesicht fielen.

„Wie wärs, wenn wir dein Gepäck erst mal in mein Zimmer stellen und essen gehen?", sagte Thibaut. „Ich weiß ein schönes Restaurant um die Ecke."

Er bemühte sich, nicht zu stolpern, als er Sophies Gepäck die Treppe hinauftrug. Seine Hände waren so feucht, dass der hellbraune lederne Handgriff ihrer Reisetasche, den er festhielt, dunkel wurde.

Sophie wartete in der Hotelhalle am Ausgang. Als er vor ihr stand und sie ansah, entdeckte er die Fältchen in ihren Augenwinkeln, feine gezeichnete Linien, die er nicht kannte an ihr; Sophie so nah, so vertraut und so fremd wie nie.

„Wie geht es Jule?“, fragte er, als das Essen kam.

Sie reichte ihm ein Foto herüber.

Er sah eine junge Frau, überraschend groß und kräftiger, als er es erwartet hatte. Als Kind hatte Jule blonde Haare gehabt, erst sehr hell, später, zur Kindergartenzeit dann aschblond – jetzt waren sie dunkelbraun, ein warmer, matter Farbton.

Es gab nichts an ihr, was er auf Anhieb wiedererkannt hätte. Erst jetzt, als Thibaut das Foto von Jule betrachtete und spürte, dass Sophie ihn dabei beobachtete, erst jetzt wurde ihm wirklich bewusst, wie viele Jahre vergangen waren seit damals, seitdem er Sophie kennengelernt hatte.

Er spürte auch, dass er nicht mehr so jung hätte sein wollen, wie Jule nun war. Ein junger Mensch strahlt so etwas Unverletztes und Unverletzbares aus, das hatte er schon oft gedacht; deshalb dieser ganze Kult um die Jugend. Dabei wusste er nur zu gut, wie viele Ängste und Zweifel sich unter der glatten Oberfläche verbargen.

„Wie geht es ihr?“, fragte er.

Sophie erzählte von Jule, ihrem Freund, ihrem Studium, und Thibaut begann zu überlegen, wie es nun weitergehen sollte.

„Und wie heißt deine Tochter?“, fragte Sophie.

„Ann“, sagte Thibaut, „Annabelle“.

„Hast du auch ein Foto dabei?“

„Ja“, sagte Thibaut.

„Zeigst du es mir?“

„Du willst es sehen?“

„Warum nicht?“

Thibaut klappte seinen Geldbeutel auf, zog das Foto von Ann heraus, schob das von Helene wieder zurück. Er schaute kurz auf das Bild, bevor er es Sophie gab.

Sie betrachtete das Foto, und Thibaut betrachtete Sophie.

Die Lampe über dem Tisch war zu grell, das Licht warf Schatten unter Sophies Augen und in die Fältchen um ihren Mund. Plötzlich erinnerte er sich an den Abend in Lissabon, Sophie so bezaubernd im roten Kleid, ihr glückliches Lächeln, wie jung und wie schön sie damals gewesen war. Jetzt, in ihrem schwarzen und schlichten Pullover, wirkte sie älter, berührend verletzlich. Und gleichzeitig spürte er eine Stärke, die neu war, die er an ihr noch nie so wahrgenommen hatte.

Sie schaute lange auf das Foto in ihrer Hand.

Als sie das Restaurant verlassen hatten, hakte Sophie sich unter bei ihm.

„Bras dessus, bras dessous", sagte Thibaut.

„Das hast du früher immer gesagt, wenn wir Arm in Arm spazieren gingen."

„Warum wolltest du mich treffen?", fragte Thibaut unvermittelt.

„Ich weiß nicht... Ich wollte dir sagen, dass es mir leid tut. Ich meine, dass ich es nicht besser hingekriegt hab mit dir..."

„Wir haben es nicht besser hingekriegt..."

„Es gibt so vieles, das ich heute besser verstehe als früher“, sagte Sophie. „Ich wollte dich noch einmal sehen, dir so viel sagen, so vieles erklären. Aber jetzt ist es plötzlich so unwichtig.“

„Ja“, sagte Thibaut. Er empfand es ebenso. Jahrelang hatte er darauf gehofft, dass er Sophie endlich verstehen, dass sie ihm endlich begreiflich werden würde. Und nun spürte er, dass die Fragen, die ihn so lange gequält hatten, überflüssig geworden waren.

Sie schwiegen ein paar Schritte lang. Thibaut dachte daran, wie sehr ihn diese Begegnung im Voraus verunsichert hatte. Wie sehr er sich selbst und das Leben, das er inzwischen lebte, in Frage gestellt hatte. Er war wie selbstverständlich davon ausgegangen, dass Sophie ihn treffen wollte, um wieder von vorne zu beginnen. Jetzt ahnte er, dass sie nicht neu anfangen, sondern sich wohl eher verabschieden wollte. Ausgerechnet Sophie; sie, die immer einfach geflüchtet, davongelaufen war.

Es war ihm etwas peinlich, aber er sprach es aus.

„Ich dachte, du wolltest mich sehen, damit wir...“

„Ich weiß“, sagte sie schnell.

„Hast du darüber nachgedacht?“

Sophie schwieg.

Dann sagte sie: „Natürlich habe ich darüber nachgedacht. Ich habe versucht, es mir vorzustellen. Aber dann müssten wir so tun, als hätte es diese letzten Jahre nicht gegeben. Wir müssten so tun, als wäre nichts geschehen in der Zwischenzeit. Als hätten wir uns nicht verändert seither."

„Haben wir uns denn verändert?"

„Ich denke, ja."

„Du hast dich verändert", sagte er.

„Ich glaube schon", sagte Sophie. „Ich musste es wohl."

„Erzählst du mir mehr darüber?"

„Ja." Sie schaute ihn an und lächelte. „Wir haben ja noch ein wenig Zeit bis morgen früh."

Er blieb stehen, hob die Arme ein wenig an, schaute an sich herab:

„Und ich? Hab ich mich verändert?"

Sie lachte.

„Du bist schmaler geworden, Thibaut. Irgendwie kantiger."

„Soso, kantiger."

Sie gingen weiter, alberten herum.

Sophie fragte, wieder etwas ernster:

„Glaubst du denn, dass Menschen sich ändern können?“

„Sonst wäre ich wohl kaum Therapeut geworden.“

„Gibt es nicht auch Therapeuten, die nicht daran glauben?“

„Doch, natürlich“, sagte Thibaut und musste lachen. „Viele. Und das sind die schlimmsten.“

Er blieb wieder stehen, atmete tief und sah nach oben, in den klaren schwarzen Himmel. „Schau mal, die Sterne“, sagte er.

„Hmm“, sagte Sophie.

Er umarmte sie zögernd, so wie man eine alte, vertraute, und doch lange nicht gesprochene Sprache wieder benutzt.

Er hatte nicht gewusst, dass auch seine Fingerspitzen ein Gedächtnis hatten. Seine Hände erinnerten sich. Und doch hielt er Sophie nicht fest, so wie früher. Er umarmte sie vorsichtig, voller Achtung, beinahe mit Furcht, vor all dem Fremden und all dem Vertrauten an ihr.

Sie waren wieder vorm Hotel angekommen. Im Eingang zog Sophie ihn am Ärmel zurück.

„Thibaut, ich weiß doch noch gar nicht, wo ich schlafen soll?", sagte sie, spielerisch, aufgeregt, „bestellen wir jetzt ein Doppelzimmer?"

„Wozu um alles in der Welt brauchen wir ein Doppelzimmer?"

„Aber ich kann doch nicht einfach mit dir gehen?", flüsterte sie, so laut, dass der grauhaarige Portier an der Rezeption es hören konnte.

Thibaut grüßte freundlich lächelnd mit einem Kopfnicken in seine Richtung.

„Oder soll ich mir ein eigenes Zimmer nehmen? Thibaut?"

„Sophie, mit dem Mann da hinten hab ich zufällig heute Mittag gesprochen. Er versteht ziemlich gut Deutsch..."

„Mein Gott, wie peinlich! Was machen wir denn jetzt?"

„Das kriegen wir schon hin", sagte Thibaut sehr souverän, „zieh die Schuhe aus."

Sophie streifte ihre Schuhe ab, hielt sie in den Händen und schaute ihn fragend, erwartungsvoll an. Er nahm ihr den langen blumigen Seidenschal ab. Dann stellte er Sophie auf seine Schuhe, zog seinen Mantel über sie beide, drückte ihren Kopf an seine Schulter und wickelte sich umständlich ihren Schal um den Hals. Den Mantel hielt er, so gut es ging, mit beiden Armen zusammen. Er räusperte sich, ging mit steifen Schritten am Portier vorbei, nickte würdevoll in seine Richtung und blieb erst vorm Aufzug wieder stehen.

Sophie unter seinem Mantel, so nah an seiner Haut, ihr Körper vibrierte in leisem, nur halb unterdrücktem Kichern. „Wann sind wir denn endlich in deinem Zimmer?“, flüsterte sie, noch immer so laut, dass sie es ebenso gut durch die Hotelhalle hätte schreien können.

„Du musst leiser sprechen“, sagte Thibaut streng, „sonst fallen wir noch auf.“

Erst spät in der Nacht wurde es still auf dem Hotelflur und unten auf der Straße. Sie sprachen leise im Dunkeln miteinander. Nur die Laterne vor dem Haus warf etwas Licht ins Zimmer und über das weiße Laken des Bettes. Sophies Kopf an seinem Hals. Ihre Haare über seinem Gesicht.

„Thibaut?“

„Ja?“

„Als wir das erste Mal miteinander geschlafen haben, weißt du noch, was du da gesagt hast?"

„Was denn?"

„Du hast gesagt: ich will nie mehr da raus..."

Thibaut wusste es nicht mehr, aber er konnte sich gut vorstellen, dass er es gesagt hatte. Er sah ihn so deutlich vor sich, diesen jungen Mann, der er damals gewesen war, und für den Sophie die Welt bedeutet hatte. Im Halbschlaf sah er ihn durchs Zimmer gehen, war versucht, ihn an der Schulter zu fassen, um ihm noch einmal ins Gesicht zu sehen, bevor er verschwand.

12

Sophie in seinen Armen, fiel er in einen tiefen kurzen Schlaf. Er träumte von Mémé. Im Traum wusste er, dass sie im Sterben lag.

Er ging, so wie früher, noch einmal vom Garten zum Haus. Wie immer hatte sie ihre Schürze von der Innenseite der Küchentür, wo sie an einem Haken hing, nach außen über die Klinke gezogen, so dass die Türe offen war.

Die Räume waren abgedunkelt, alle Vorhänge zugezogen. Mémé lag im Bett, der Oberkörper war mit vielen Kissen gepolstert und hochgelagert. Thibaut kam zu ihr und nahm ihre heiße Hand in seine.

Es war Sophies Hand, die er hielt. Er erwachte.

„Woran ist sie gestorben?“, fragte Sophie, als er ihr seinen Traum erzählte. Er streckte sich. Draußen wurde es allmählich hell.

„Erst war es nur eine Erkältung. Und dann eine Lungenentzündung. Sie hatte sich geweigert, ins Krankenhaus zu gehen."

Er dachte daran, wie Mémé ausgesehen hatte so kurz vor ihrem Tod. Das dünne, aufgeknöpfte Nachthemd, ihre glühenden Wangen, der leicht geöffnete Mund, die glänzenden Augen – er konnte es nicht beschreiben, was ihn so eigentümlich berührt hatte. Ihr Körpergeruch, stärker als sonst, nicht unangenehm, sondern warm, einfach körperlich, wie der Geruch einer Frau nach der Liebe.

„Ich glaube", sagte Thibaut, „in diesen letzten Tagen und Stunden habe ich sie zum ersten Mal als Frau gesehen. Nie zuvor habe ich begriffen, dass sie auch eine Frau war. Für mich war sie immer nur Mémé gewesen."

Vom Erdgeschoss des Hotels kamen die ersten geschäftigen Geräusche des neuen Tages, Schritte, quietschende Türen, ein Klappern.

„Es ist schön, dass sie zuhause sterben konnte", sagte Sophie.

„Wir hatten eine Pflegerin“, sagte Thibaut. „Eine Frau aus dem Dorf, sie kam regelmäßig ins Haus. Und nachts haben wir uns abgewechselt.“

Sophie wusste, was dieses „Wir“ bedeutete, auch wenn Thibaut es nicht aussprach: er und Helene. Er spürte, dass Sophie es spürte. Er dachte an Helene.

Sie wickelte die Decke fester um ihren Körper.

„Es wird Zeit....“, sagte sie. Er schaute sie besorgt an.

„Nein, Thibaut. Mach dir nicht wieder Sorgen um mich. Es ist gut so, wie es ist.“

Sie hatte das Zimmer vor ihm verlassen wollen.

Er sah aus dem Fenster, sah, wie sie unten auf der Straße stand und auf das Taxi wartete. Erst jetzt fiel ihm das rote Auto wieder ein, das er ihr hatte mitgeben wollen. Er ergriff es, lief damit zur Tür, doch im letzten Moment drehte er sich um und stellte es auf den Tisch zurück. Er klappte den Koffer auf, nahm den Engel heraus, den er schon zwischen den Pullis verstaut hatte, und lief damit die Hoteltreppe hinunter.

Sophie saß schon im Taxi, sie stieg wieder aus. Den Engel nahm sie in die linke Hand und zog mit der rechten ihre Jacke darüber. Thibaut küsste sie noch einmal zum Abschied. Er schaute ihr nach, solange das Taxi noch zu sehen war.

Als das Flugzeug diesmal beschleunigte, schloss er die Augen, um es einfach nur zu spüren.

Viel Glück, Sophie, rief er ihr in Gedanken zu.

Als die Maschine in den Himmel stieg, flog sie mitten durch sein Herz.

Er dachte an Ann. Wie sie ihm entgegenlaufen, ihre Arme um seinen Hals schlingen würde. Mit ihren unruhigen kleinen Fingern in seinem Haar, an seinem Ohrläppchen spielen, ihm etwas erzählen würde. Er sah Helene. Er spürte ihren ruhigen, klaren Blick.

Jetzt, in dieser Maschine, über den Wolken, die den Blick auf das Land unter ihm verdeckten, hätte er jeden einzelnen Menschen umarmen können.

Kurz vor der Landung streckte er sich der Länge nach aus auf seinem Sitz. Dabei strahlte er die Nachbarin an, eine ältere Dame, die ihn über die Gläser ihrer Brille hinweg musterte. Sie schaute ein wenig irritiert; offensichtlich suchte sie den Grund für seine große Freude und konnte ihn nicht erkennen.

„Sie gehen nach Hause?“, fragte sie mit starkem amerikanischem Akzent.

„Ja“, sagte Thibaut.

„Das sieht man“, antwortete sie.

„Wir sind bald da”, sagte Thibaut.

„Ja”, sagte die Frau. Dann lächelte sie zurück.

Ich danke: Lisa in Berlin, Birgit in Hamburg, meinem italienischen Agenten in Frankfurt, dem „Förderkreis deutscher Schriftsteller in Baden-Württemberg" für die fachliche und finanzielle Unterstützung, und Cornelius Retting, den ich gerade erst kennengelernt hatte.